A marca FSC® é a garantia de que a madeira utilizada na fabricação do papel deste livro provém de florestas que foram gerenciadas de maneira ambientalmente correta, socialmente justa e economicamente viável, além de outras fontes de origem controlada.

CHICO MATTOSO

Nunca vai embora

COMPANHIA DAS LETRAS

Copyright © 2011 by Chico Mattoso

Grafia atualizada segundo o Acordo Ortográfico da Língua Portuguesa de 1990, que entrou em vigor no Brasil em 2009.

A coleção Amores expressos foi idealizada por RT/ Features

Capa
Retina_78

Fotos de capa
Superior: Flickr/ Getty Images. Havana, Cuba
Inferior: Lee Frost/ Getty Images. Havana, Cuba

Preparação
Julia Bussius

Revisão
Camila Saraiva
Luciana Baraldi

Os personagens e as situações desta obra são reais apenas no universo da ficção; não se referem a pessoas e fatos concretos, e sobre eles não emitem opinião.

Dados Internacionais de Catalogação na Publicação (CIP)
(Câmara Brasileira do Livro, SP, Brasil)

Mattoso, Chico
    Nunca vai embora / Chico Mattoso. — São Paulo : Companhia das Letras, 2011.

ISBN 978-85-359-1839-7

1. Ficção brasileira I. Título.

11-02979   CDD-869.93

Índice para catálogo sistemático:
1. Ficção : Literatura brasileira 869.93

[2011]
Todos os direitos desta edição reservados à
EDITORA SCHWARCZ LTDA.
Rua Bandeira Paulista 702 cj. 32
04532-002 — São Paulo — SP
Telefone (11) 3707-3500
Fax (11) 3707-3501
www.companhiadasletras.com.br
www.blogdacia.com.br

1.

Começava a escurecer, e meu mau humor era sinal de fome. Eu estava no sofá, deitado no colo de Camila. Ela me fazia cafuné, eu reclamava do trabalho, a televisão passava um filme besta sobre catástrofes climáticas ou invasões alienígenas — talvez as duas coisas. Quando terminei de resmungar, depois de um breve silêncio pontilhado pelos grunhidos de um monstro azul, Camila interrompeu o carinho e, enquanto pescava um fiapo de lã perdido no meu cabelo, perguntou se eu nunca tinha pensado em largar o consultório. Penso todo dia, respondi, ao que ela retrucou:

— Então larga, ué.

Era a oportunidade perfeita para despejar sobre ela um pouco da minha amargura. Quis dizer tudo, que ninguém em sã consciência escolhia trabalhar com o próprio pai, que abrir um consultório custava caro, que o mercado era cruel e eu não tinha a menor chance de ser bem-sucedido arrancando molares por conta própria. Cheguei a esboçar algumas palavras, mas Camila botou o dedo sobre meus lábios, como se eu fosse uma criança, e me convidou a ir a Cuba com ela.

Fiquei uns segundos sem reação. Dei uma gargalhada comprida, pô, Camila, você é foda, assim não dá pra conversar. Ela insistiu, não, sério, escuta, andei tendo umas ideias, lembra do projeto do meu filme? E começou a dizer que já tinha pensado em tudo, que lá era genial, que ela conhecia um pessoal que podia arrumar hospedagem barata, que a gente ficava uns dois meses e de repente eu até fazia um curso, uma especialização, sei lá, meu, vê pelo lado da aventura. Você não vive reclamando que a sua vida é um marasmo?

Eu devia ter adivinhado que aquilo ia acontecer. Uns dois anos antes, nas férias da faculdade, Camila tinha feito um curso de verão em San Antonio de Los Baños, algo a ver com documentários, cinema de não ficção. Ela se entusiasmou, voltou para São Paulo, conseguiu material de pesquisa, montou um grupo de estudos, formou-se com um curta sobre catadores de papelão que a avaliadora classificou como "delicado e arrebatador". Não era surpresa nenhuma que agora, recém-liberta das amarras universitárias, Camila quisesse voltar à ilha que abriu seus olhos para as maravilhas da cinematografia documental e fazer lá sua estreia em longas-metragens.

O plano em princípio me pareceu absurdo, não porque fosse ruim, mas porque me obrigava a tomar uma decisão. Eu sabia que se Camila dizia que queria ir, era porque ia. Não me sentia no direito de contestá-la. Quando começamos a namorar, fui eu quem encheu seus ouvidos com discursos sobre a necessidade de um relacionamento arejado, de um ambiente livre de cobranças. No fundo, aquela era só a maneira que eu havia encontrado de preparar o terreno para um eventual sumiço da minha parte, uma tentativa de realizar o velho sonho masculino de comprometer-se sem estar comprometido. Mas talvez também fosse um jeito de convencer aquela morena inverossímil de que eu, um trintão míope e sem futuro, carregava algo de minimamente interessante.

Ok, ok: estou exagerando. O diagnóstico sobre minha falta de futuro não é meu, mas do eminente odontologista Luiz Fernando de Oliveira Polidoro, também conhecido como meu pai. Seu repertório de ofensas sempre foi tão extenso e sofisticado que muitas vezes me vejo reproduzindo involuntariamente o mesmo discurso. Nunca pude saber até que ponto minha mãe concordava com ele. Acho que eu mal tinha saído do berço quando, numa noite de réveillon, enquanto remexia um caldeirão de lentilhas, a senhora Polidoro sentiu uma tontura e se estatelou no chão. Uma veiazinha em seu cérebro tinha se rompido, e a partir de então minha vida familiar ficou restrita às idiossincrasias do meu progenitor.

Passei a infância inteira me contorcendo para conseguir sua aprovação, até que, aos dezessete anos, numa tentativa talvez inconsciente de autossabotagem, cheguei atrasado para a última prova do vestibular para odontologia. Foi a gota d'água. Não bastava meu irrepreensível currículo escolar; não bastava ter sido o melhor aluno em todo o ginásio e colegial, dono de um desempenho tão brilhante que mais de uma vez os diretores cogitaram me fazer pular de ano. Foi necessário apenas um escorregão, o primeiro deles, para tudo ruir, como se aquela fosse a confirmação da minha imbecilidade congênita. Na época eu não soube aproveitar a oportunidade que o destino me oferecia. Teria sido o momento ideal para, diante do olhar decepcionado do meu pai, botar uma mochila nas costas e mandar tudo para o espaço. Mas eu perdi a chance. Em vez de partir em busca de opções de vida mais atraentes — causas sociais, por exemplo, ou esportes de risco, quem sabe alguma religião exótica —, resolvi procurar um novo meio de satisfazer a sanha sucessória do doutor Polidoro. Nada poderia ser mais degradante. Aos prantos, quase ajoelhado a seus pés, admiti minha culpa e sugeri a possibilidade de cursar uma faculdade particular. Meu pai cumpriu o script: bufando, envergando aquela pose ao mesmo tempo condescendente e cruel, ele aceitou pagar o curso na condição de que, uma vez formado, eu fosse trabalhar para ele, pelo menos até quitar a dívida. Resultado: distante da aprovação de meu pai, mais distante ainda de minhas minguadas ambições profissionais, me vi entregue a uma existência covarde, recheada de pequenas humilhações, de cobranças desmedidas, de um espírito de competição que eu não suportava, mas era obrigado a compartilhar. Nunca recebi um elogio. Nem quando o substituía, tocando a clínica durante seus congressos no exterior, ou quando um menino desmaiou durante uma extração e eu, contrariando o diagnóstico inicial — meu pai achava que era só "frescura" —, intuí que se tratava de um hemofílico e ajudei a salvar a vida de um e a carreira de outro.

Eu sei: pais como o meu existem aos montes, isso não me torna diferente de ninguém. Toda essa lenga-lenga serve apenas para destacar o pequeno milagre que foi a aparição de Camila na minha vida. Sem perceber, ela se transformou numa espécie de biombo existencial, destinado a ocultar minhas decepções, minha miséria amorosa, meus horrores infantis — tudo isso acompanhado de um inacreditável par de panturrilhas, resultado de dez anos de estudo aplicado de balé. Eu nunca tinha sido tão importante para alguém. Nunca tinha sido encarado com tanta intensidade. O olhar de Camila ajudava a construir um Renato que eu não sabia existir, que era completamente diferente daquele que eu enxergava em mim mesmo. Acho que era isso: Camila me fazia visível. E eu nunca soube direito o que ela viu em mim.

Ainda lembro do primeiro dia, a equipe chegando no consultório, a sala de espera abarrotada de equipamentos. Ela entrou falando alto, resolvendo algum problema pelo celular. Usava um macacão jeans que a deixava parecida com um moleque de pré-escola. Seu espírito de liderança era desconcertante. Tinha no máximo vinte anos, mas comandava os colegas com a autoridade de uma veterana. Havíamos conversado pelo telefone, ela se apresentou, disse que estudava numa faculdade ali perto, que precisava de uma sala de dentista para fazer uma gravação. Nada de mais, disse, é uma cena à toa, acho que em quarenta minutos resolvemos tudo. Concordei, depois de uma breve consulta ao doutor Polidoro, que apenas exigiu que as filmagens acontecessem após o expediente — e que ninguém ousasse se aproximar da sala dele.

Ficaram lá quatro horas. Um refletor deu defeito, o rapaz encarregado da produção esqueceu de trazer o sangue cenográfico. Não senti o tempo passar. O cotidiano naquele lugar era tão tedioso que qualquer desvio da norma me parecia uma aventura fascinante. E é claro: havia Camila. Àquela altura já tínhamos trocado algumas palavras, ela queria saber como o consultório funcionava, a quantidade de pacientes, as cirurgias mais complicadas que eu já tinha feito. Eram quase onze quando a filmagem acabou, e foi com certa surpresa que me vi correndo até seu carro e fazendo o convite para beber alguma coisa. A noite seguiu, tomamos algumas cervejas, travamos um pequeno embate sobre as diferenças entre as praias do Sudeste e do Nordeste, tirei da cartola uma ou duas piadas autodepreciativas sobre odontologia e a coisa ia ficando nisso quando, após ser convencido por ela a comer a última batata frita, consegui errar o alvo e dar com o palito na gengiva, causando um pequeno sangramento.

Camila disse que eu tinha que pressionar a ferida. Achei divertida a ousadia; era como se eu me arriscasse a explicar a ela quem tinha sido, sei lá, Orson Welles. Fiz cara de quem estava ouvindo uma grande novidade e, com ar de aluno aplicado, segui sua sugestão. Camila balançou a cabeça, levantou, veio sentar do meu lado, disse que estava errado, que tinha que ser assim, ó — e enfiou o dedo dentro da minha boca. Soltei uma risada nervosa. Ela tirou o dedo e me beijou.

    Horas depois, na cama do meu apartamento, enquanto nos recuperávamos de uma trepada breve e confusa, eu disse a Camila — acho que na tentativa de mostrar alguma cultura cinematográfica — que aquele beijo tinha me lembrado uma cena de filme. Ela perguntou qual era. Eu disse que como estudante de cinema ela deveria saber. Ela fez uma careta ansiosa, e então narrei a cena em que Faye Dunaway, na pele da viúva misteriosa de *Chinatown*, ajuda o detetive interpretado por Jack Nicholson a trocar o curativo de seu nariz. Eles acabam de chegar à casa dela. Há um clima estranho entre os dois, uma cumplicidade silenciosa, fortalecida pela recente confirmação de que o marido dela foi assassinado. Ela o leva ao banheiro e tira o esparadrapo que cobre seu nariz. Primeiro se assusta com a ferida, que não imaginava ser tão grande. Depois passa um desinfetante e pergunta se está doendo. Ele não responde imediatamente, apenas a encara de um jeito esquisito. Seu olho, ele diz — tem uma mancha na íris. Ela gagueja, nervosa, explica que aquilo é uma marca de nascença. Eles se encaram por mais um ou dois segundos — e se beijam.

    Fiquei um instante em silêncio, esperando a reação de Camila. Ela se ajeitou na cama, ergueu as sobrancelhas, forjou um ar de decepção.

    — Não achei nada de mais — disse, me olhando nos olhos, lutando contra o sorriso que insistia em brotar do canto da boca. Imediatamente me joguei sobre ela, agarrei seus pulsos, lancei meus dentes sobre seu pescoço. Ela gargalhava e pedia que eu parasse. Obedeci, mas continuei a imobilizá-la. Ficamos nos encarando. Sua respiração era ofegante, o sorriso irônico ainda preso nos lábios.

— O que foi? — perguntei.

— Nada. — E então, após uns segundos: — Sei lá. Acho que eu nunca fiquei com alguém assim.

— Assim como?

— Não sei — riu. — É engraçado.

— Engraçado? — perguntei, voltando a apertar seus pulsos. Ela soltou um gemido, outra gargalhada. — É porque eu sou dentista, é isso?

— Não. Quer dizer... É que eu nunca imaginei.

— E qual a diferença?

A pergunta pareceu surpreendê-la. Sua expressão ganhou um ar grave, como se ela tivesse resolvido falar sério.

— Nenhuma — respondeu. — Aliás, *absolutamente* nenhuma — e ficou me encarando, como se examinasse não apenas meus olhos, mas também meus pensamentos. A encenação não durou muito: logo vi que a risada voltava a nascer, que ela lutava com todas as forças para conseguir se controlar. Então avancei novamente sobre seu pescoço, ignorei as súplicas desesperadas, as gargalhadas convulsas, os pedidos de socorro — e começou tudo outra vez.

Em três meses estávamos morando juntos. Mais um ano e ela terminou a faculdade, e foi poucos dias depois da festa de formatura que, deitado naquele sofá, encarei o fato inapelável: se quisesse continuar com ela, teria de acompanhá-la a Havana. Resisti. Disse que essas coisas não funcionam assim, que uma decisão dessas não se toma de uma hora para a outra. Ela alegou que já tinha me falado sobre o projeto, que agora a chance tinha aparecido e não dava para deixar passar. Eu não sabia o que dizer. Me sentia egoísta por não apoiá-la, covarde por não ser capaz de dizer isso a ela, irritado por ter que levar tanta coisa em consideração, por não poder simplesmente deixar Camila ir embora ou

— o que teria sido perfeito — acorrentá-la dentro do quarto e proibi-la de sair de casa.

Não havia nada a fazer. Eu jamais teria sido capaz de admitir, mas a verdade é que Camila, naquele momento, era tudo o que eu tinha, era a responsável por trazer minha desordem emocional a níveis inéditos de estabilidade. Ainda argumentei por uns minutos, mas era inútil: só me restava engolir o orgulho e aceitar a proposta. Camila voou sobre mim, começou a me beijar, ai, gato, cê vai ver, isso vai ser genial. Sufocado pelos carinhos da minha namorada, eu tentava com todas as forças embarcar naquela onda de euforia, mesmo que no fundo tivesse a sensação de que havia algo de errado, que um dispositivo sinistro acabara de ser acionado e agora só me restava seguir em frente e, com o rabo entre as pernas, esperar pelo desastre.

Desde o início da viagem Camila se mostrou preocupada em me deixar à vontade. Aproveita a cidade, ela repetia, não quero que você se sinta preso a mim. A ideia era encarar o cotidiano como se estivéssemos em São Paulo: vivíamos juntos, mas cada um tocava sua vida. Parecia tudo muito saudável, eu passava o dia caminhando, no fim da tarde nos encontrávamos em algum bar e ali ficávamos, bebendo mojito e falando pelos cotovelos. Camila achava graça do meu hábito de frequentar os lugares turísticos, a "Havana pasteurizada" que não tinha nada a ver com a "Havana real". Não demorava e a conversa voltava ao projeto dela, às figuras que tinha conhecido no bairro chinês, à gravação que faria no sábado com um pessoal nos arredores do Cerro. Ela me falava das ideias que norteavam seu filme, de seu interesse pelo fragmento, pelo inacabado, porque todo realismo é ambíguo, e olhar é interpretar, e não existe imagem que não reflita uma visão pessoal sobre o mundo...

Eu já estava acostumado com a ladainha. Ao longo do nosso relacionamento, Camila fez de tudo para me converter à adoração de seus heróis cinematográficos. Me apresentou a Tarkóvski, Rouch, Vertov, Herzog — era inútil. Eu não sabia gostar daquilo. O único filme que parecia capaz de equilibrar nossos gostos era, claro, *Chinatown*. Virou uma obsessão. Assistimos tantas vezes que chegamos a decorar os diálogos. Às vezes ela ligava no meio da tarde para o consultório e, antes mesmo de dizer oi, lançava a pergunta: você está sozinho? Eu pigarreava, demorava uns segundos, fingia estar tragando um cigarro. E quem não está?, respondia, imitando a entonação de voz do detetive Jake Gittes — e a gente caía na gargalhada.

É claro que Camila arrumou um jeito de justificar esteticamente seu gosto pelo filme. Para ela, *Chinatown* era um raro exemplo de como uma estrutura clássica podia abrigar elementos modernos. Os elogios iam para as rimas visuais, as texturas, a sofisticação simbólica e narrativa. Eu, ao contrário, me limitava a gostar do clima da coisa. A elegância dos cenários. Os diálogos afiados. Gostava sobretudo de Jake Gittes, de sua ironia fina, o jeito ao mesmo tempo sereno e destemido de encarar as adversidades, como se tudo, à exceção do passado, fosse passível de resolução.

Nunca me incomodei com nossas diferenças. No início até fiz algum esforço, acompanhava Camila aos ciclos, às mostras, tentava compartilhar com ela o interesse por aquilo tudo. Depois fui deixando de lado, me contentando com a ideia de esperá-la em casa e ouvir suas digressões, porque o Jorge Bodanzky, e o Pasolini, e o documentário soviético, e as experiências da Agnès Varda... A paixão com que ela falava me extasiava: havia algo de infantil naquela efervescência, uma espécie de inocência fundamental. Acho que minha atração por Camila também passava por aí. Como resistir, afinal, a uma combinação tão poderosa de ingenuidade e vigor?

A ida a Havana só abasteceu suas convicções. O ilusionismo que se foda, bradava ela, o dedo enfiado no copo de mojito, a hortelã dançando entre as pedras de gelo; o cinema de claquete não me interessa, quero que as coisas se fabriquem aqui, na minha frente. Era irresistível. Mais de uma vez peguei a mão dela e levei ao meu pau. Olha aqui, Camila. Sem claquete. Tá sentindo o que eu acabei de fabricar? Já estávamos bêbados, eu só queria voltar ao nosso quarto e passar o resto da noite dentro dela, suando e ouvindo seus gemidos em falsete. Trocávamos um beijo melado, eu erguia o braço para pedir a conta e era aí, quando tudo parecia resolvido, que ela sacava a câmera e começava a me filmar. Larga esse troço, eu pedia, vamos embora daqui, meu pau latejava dentro da calça e enquanto isso ela ria, subia na cadeira, registrava meu constrangimento de todos os ângulos possíveis.

Só voltávamos para casa no meio da madrugada, Camila se agachando atrás dos carros para mijar, acordando a vizinhança com sua excitação embriagada. Entrávamos no quarto e eu pulava em cima dela. Isso aconteceu tantas vezes que ao final eu repetia a rotina só por costume, já não esperava um desfecho diferente. Camila me abraçava, eu arrancava sua camiseta, começava a tirar minha bermuda, ia dar início ao ataque aos peitinhos quando ela soltava um grunhido incomodado e pedia um minuto para ir ao banheiro.

Algumas vezes precisei resgatá-la no vaso, desmaiada, um fio de saliva escapando da boca. Em outras ela conseguia sair, vinha cambaleando pelo quarto e fazia um gesto incompreensível antes de se estatelar na cama e começar a roncar. De pé, com a cueca enroscada num dos tornozelos, eu olhava para aquele corpo inerte e tentava moldá-lo às lembranças que ele continuava a me evocar. A disponibilidade. A autoconfiança. Camila não tinha só amor-próprio: tinha tesão-próprio. Tratava o corpo como um instrumento de afirmação existencial. O sexo, para ela, não era apenas uma fonte de prazer, mas uma forma de expressão. Vinha daí, também, a mania obsessiva de falar sobre o assunto, o que não raro me colocava em situações embaraçosas. No começo do namoro, por exemplo, na primeira vez que saíamos com uma de suas amigas, me vi obrigado a passar uma noite inteira acompanhando um insuportável debate sobre a atratividade de alguns expoentes da nossa cinematografia. A coisa encrencou quando Mariana, uma colega da faculdade de Camila, disse que achava Walter Salles mais desejável que o irmão documentarista. Para Camila, que desprezava a filmografia do primeiro, era evidente que João ("um cara sensível, meu, outro nível de intelectual") era muito mais interessante — não havia a menor dúvida sobre isso. Mariana tentava argumentar, mas Camila dizia que a amiga tinha preferências muito óbvias, que a sexualidade dela era dirigida pelo mercado ou qualquer coisa do gênero. Era constrangedor. Ainda assim, quando voltávamos para casa, quando entrávamos no quarto arrancando as roupas um do outro, a impressão que eu tinha era de que Camila fizera aquele teatro apenas para me agradar, para me proporcionar a sensação gloriosa de que, a despeito de seu desejo por este ou aquele, quem terminava a noite lambuzado de seu amor era eu.

Pois bem. Agora eu estava ali, nu e frustrado, e a visão daquela suposta heroína sexual estirada na cama me fazia hesitar entre odiá-la e desejá-la ainda mais. O contraste daquelas lembranças com a visão de seu corpo inacessível piorava tudo. Só depois de algum esforço é que eu conseguia ir dormir, embalado pela esperança de que na manhã seguinte as coisas tomariam um rumo mais estimulante.

Pura ilusão. Eu tentava acordar cedo, mas Camila sempre

se adiantava. Não dava para entender. Ela ia dormir de madrugada, podre de bêbada, e às oito da manhã já estava na rua, lépida, apontando a câmera para o que brotasse na sua frente. Eu acordava e, no lugar onde ela deveria estar desmaiada, encontrava um bilhete carinhoso, com a indicação sucinta de onde seriam as filmagens do dia. Então levantava, ia até o banheiro e me obrigava a uma punheta melancólica, tentando me esquecer de Camila, de mim, do pedaço de papel pousado sobre o travesseiro, das palavras marcadas ali, cheias de condescendência, mais parecidas com esmolas sentimentais.

Nunca me arrisquei a ir atrás dela. Fazer isso seria assinar um atestado de submissão, e a última coisa que eu queria era que Camila decifrasse minha insegurança. Melhor ficar na minha, eu pensava, consolando-me com a ideia de que aquela crise era temporária, que passávamos por uma fase de adaptação e em breve a vida voltaria à sua cadência habitual.

Em parte era verdade: estávamos, sim, vivendo uma transição. O que eu não sabia era para onde ela estava nos levando, nem que consequências poderia ter. Eu disse há pouco que tudo parecia saudável — acho que já ficou claro que não era bem assim. Camila estava ficando irreconhecível. Não era nem sombra da menina que dividira o apartamento comigo nos últimos quinze meses, sempre disponível, sempre carinhosa, capaz de escutar o que eu dizia com tanta ternura e atenção que minha vida parecia muito mais excitante do que realmente era. Havana mudou tudo. Camila estava tão obcecada com a ideia de seu documentário — ou "doc", como ela preferia chamá-lo — que comecei a ser deixado de lado. Eu tinha me transformado numa espécie de bichinho de estimação, que ela levara para fazer companhia em seu paraíso intelectual. Sempre desconfiei que o interesse de Camila por mim tinha algo de fetichista. Suas amigas saíam com jovens cineastas, arquitetos, escritores, artistas plásticos; Camila, por algum motivo, escolhera um dentista. Era como se namorar comigo fizesse parte de um "projeto", de sua necessidade de exibir ao mundo a própria singularidade.

É claro: essas eram impressões volúveis, que nasciam apenas quando adubadas por algum lapso de insegurança — e iam embora instantes depois, acompanhadas pela constatação de que eu era um babaca, que não sabia reconhecer o amor que Camila me dava e ainda pagaria caro por isso. Em Havana, porém, essas impressões começaram a se solidificar. A indigência sexual alimentava minha desconfiança, e não demorou para eu me arrepender de ter embarcado naquela viagem. Alguma coisa tinha acontecido no caminho, alguma transformação radical e misteriosa parecia ter se operado no instante em que pisamos em solo cubano, e o que antes me parecera um ato de independência agora não passava de mais um capítulo na minha história de equívocos e submissões. Eu precisava ir embora, mas não conseguia me imaginar fazendo isso sem Camila. Estava imobilizado: só minha cabeça seguia em movimento, girando em falso como um motor defeituoso.

Por conta de tudo isso, passei aquelas primeiras semanas imerso numa atmosfera nebulosa. A cidade me despertava emoções esquisitas. Nunca me senti tão estrangeiro. Eu já tinha feito uma ou outra viagem para o exterior, e em todas conseguira estabelecer alguns pontos de identificação, que amenizavam a sensação de deslocamento. Em Havana, por algum motivo, tudo era distante e ameaçador. Eu caminhava pelo Parque Central, por exemplo, e a brancura da estátua de José Martí me assustava como um fantasma. Dobrava uma esquina do Vedado, e a alegria das crianças jogando beisebol na rua tinha algo de sombrio, como uma visão de pesadelo. Nem mesmo os museus, tão parecidos com todos os outros que eu já visitara, eram capazes de me tranquilizar. A solução, talvez, pelo menos enquanto aquela aflição se mantivesse, seria me trancar em casa — mas essa era de longe a pior das alternativas.

Estávamos instalados num quarto fedorento de Centro Habana, na rua Neptuno, a poucas quadras do Malecón. Durante o planejamento da viagem, eu quis convencer Camila a ficarmos num bom hotel, ao menos nos primeiros dias. A saída da clínica tinha me rendido algum dinheiro, fruto da milagrosa benevolência do meu pai, que aceitou suspender o pagamento da minha dívida (eu ainda lhe restituía mensalmente o dinheiro da faculdade) em troca de um interminável sermão sobre o "visível despreparo" que eu havia apresentado no trabalho, principalmente no que dizia respeito às questões mais complexas relativas à terapia odontológica. Também ouvi que minha vaga na clínica seria ocupada, e que quando voltasse de minha "alucinação caribenha" eu teria que procurar outro lugar para trabalhar. Senti vontade de finalmente mandá-lo pastar. Não fiz isso, é claro, e com o dinheiro que consegui juntar — venda do carro, do computador, de um bisturi eletrônico de alta frequência — tentei fazer Camila enxergar o óbvio: que o melhor seria passar a primeira semana num hotel e, então, procurar com calma um lugar que a gente gostasse. Ela resistiu. Disse que já tinha um esquema em Havana, que a cunhada de um amigo tinha os contatos certos e prometera arrumar um apartamento barato. Disse também que não gostava de hotéis, que não suportava o *apartheid* que separa estrangeiros de cubanos, que aquela era uma viagem de integração, de encontro, que sua decisão estava tomada e eu que decidisse se queria ficar com ela ou não.

A covardia de Renato Polidoro estava sendo testada mais uma vez — e, de novo, honrou a fama. O resultado foi um cubículo de trinta metros quadrados, infiltração nas paredes, privada quebrada, um ventilador girando em câmera lenta e, segundo minhas contas, três casais de ratazanas insones, que se divertiam sapateando no forro do quarto durante a madrugada. Mais de uma vez acordei sobressaltado, com a sensação de que uma das ratazanas havia despencado sobre mim. Tinha que me apalpar, desesperado, para então encontrar a mão inerte de Camila pousada sobre a minha barriga, os dedos fazendo as vezes de patinhas adormecidas.

Era esse cenário devastado que me animava a sair de casa. Eu tinha feito uma lista de atividades antes de viajar — museus, teatros, casas de espetáculo, todo o circuito do turismo revolucionário —, mas agora nada daquilo exercia a menor atração sobre mim. Diante da falta de alternativas, acabei dedicando meus dias à única atividade disponível para alguém nas minhas condições: a caminhada.

Levei a ideia a sério. Saía assim que acordava. Andava num trote contínuo, até o anoitecer. Mal dava atenção à paisagem. Às vezes parava diante de um ponto turístico, sacava a câmera e fazia uma foto rápida, temendo que alguém se oferecesse para tirá-la no meu lugar. A luz era tanta que dificultava a visão. O suor molhava minha camiseta, o sol voltava a secá-la. Eu levava uma mochila nas costas, onde guardava um cantil e um sanduíche de presunto. Levava também um mapa, que mal consultava: fazia os percursos em linha reta, para evitar o trabalho de me localizar. Ao fim do dia, não era capaz de lembrar de um único lugar por onde havia passado. Tinha apenas os registros fotográficos, imagens tremidas e sem foco que serviam para provar a Camila — e talvez a mim mesmo — que eu tinha realmente estado por ali.

Quando a noite baixava, eu começava a sentir os efeitos da exaustão. Minhas pernas tremiam; a pele, anestesiada, vibrava a cada lufada de vento. Eu ia voltando para casa e pela primeira vez no dia era tomado por uma sensação agradável. O cansaço ajudava a me trazer um pouco de paz, e o encontro com Camila oferecia a promessa — continuamente frustrada — de alguma espécie de redenção sexual.

Nunca disse nada a Camila. Diante dela, eu me esforçava para representar um Renato seguro e feliz. Contava piadas. Inventava histórias. Repetia frases lidas no guia de viagem, análises histórico-culturais sobre os pontos turísticos da cidade. Camila me ouvia com o olhar perdido, só esperando a chance de voltar a tagarelar. Eu sorria, deixava ela falar, mas o tempo todo tinha a impressão de que minha presença ali era acessória, que ela podia estar dizendo aquelas coisas a qualquer um.

É claro que aquilo não podia durar para sempre. Minha paciência se esgotou exatos vinte e três dias depois do pouso em Havana. Era de manhã, eu tinha acabado de tomar banho, estava me preparando para mais uma jornada de perambulação vazia — e então tive o estalo. Fim. Chega. Acabou.

Não me importavam os motivos de Camila, as toneladas de frases de efeito que ela arrumaria para justificar o injustificável. Eu não aguentava mais. Dependia de mim, só de mim, colocar as coisas no rumo certo, e foi com uma alegria repentina que me lancei sobre o criado-mudo, apanhei o bilhete deixado mais cedo por ela e saí correndo em seu encalço.

Pelo menos foi essa a minha intenção. Era a primeira vez que eu saía de casa com um destino definido, o que apresentava certas dificuldades para alguém que até então resumira seus passeios a caminhadas em linha reta. Eu sabia, por exemplo, que quatro horas de trote ininterrupto já haviam me levado a um descampado seco, polvilhado de ginásios de esporte — só não tinha ideia em que direção aquilo ficava. Lembrava também de já ter passado por uma região de mansões corroídas, algumas delas remendadas com puxadinhos de concreto e tapumes de madeira, mas não poderia dizer se elas ficavam a três quadras ou vinte quilômetros de onde eu estava. Para mim, Havana se resumia a uma série de flashes desconexos, imagens tão vagas quanto as que eu havia registrado em minha máquina fotográfica. Era como se eu tivesse sonhado a cidade, e não caminhado por ela.

O bilhete fornecia uma indicação genérica, algo como "prédio azul ao lado da Partagas". Eu não sabia o que era a Partagas. Sabia o que eram prédios azuis, mas isso não ajudava muito.

Quando vi, tinha dado numa ruela estreita, coalhada de construções arruinadas, e por um momento tive a impressão de que caminhara em círculos, que tinha voltado ao ponto de partida. Com esforço, tentando driblar meu acanhamento, me aproximei de um grupo de velhos que conversava diante de um pórtico. Mostrei o bilhete. O papel correu de mão em mão, os velhos repetiam as palavras que conseguiam reconhecer, azul, azul, Partagas, Partagas. Começaram a falar confusamente, alguns riam, um deles me puxou de lado e apontou uma direção. Era o suficiente, mas ele continuou a falar, foi enchendo a explicação de referências que eu ignorava. Agradeci, me despedi, mas o velho apertou o meu braço e me levou até a rua, onde assobiou para um rapaz que cochilava ao volante de um velho Cadillac. Em cinco minutos eu estava diante do prédio azul, tentando convencer o motorista de que não era justo, que ele não podia me cobrar aquele absurdo, que não precisava falar inglês comigo. *Special cab*, ele insistia, *special cab*, quase como se o estrangeiro fosse ele e não eu — e tive que desembolsar os vinte dólares.

Camila não estava lá. Andei o prédio inteiro, explorando cada andar, apurando os ouvidos para tentar distinguir sua voz. Só fui capaz de ouvir latidos, choros infantis, canções românticas, o apito agudo de uma panela de pressão. De volta à rua, sentei-me num banco da pracinha em frente ao prédio. Não queria pensar em nada. Sabia que se me pusesse a raciocinar acabaria novamente com raiva de Camila, ou com pena de mim, ou com vontade de sair correndo e me esconder em algum lugar. Respirei fundo, estalei os ossos do pescoço e fiquei olhando para um grupo de crianças que brincava à minha frente, correndo em torno de uma caixa de papelão.

    Dentro da caixa havia um menino. Ele segurava um pedaço de pau, que servia como remo: a caixa era um barco, as crianças que corriam em volta faziam o papel de tubarões. Elas davam chutes na caixa, arrancavam pequenos pedaços do papelão. O marinheiro tentava se defender, brandia seu remo, dava golpes nas mãos dos agressores. Era inútil: os tubarões estavam famintos, não havia nada que pudesse impedi-los de concretizar o massacre. Em segundos o barco foi esfacelado, e os tubarões avançaram sobre o marinheiro, arrancaram seu remo, começaram a empurrá-lo e provocá-lo. O marinheiro chorou. Os tubarões fugiram correndo, felizes e saciados, e deixaram a presa sozinha, cercada pelos destroços da embarcação.

    Fiquei examinando o menino. Por algum motivo me senti ligado a ele, como se dividíssemos a mesma tristeza, a mesma solidão. Fungando, limpando o nariz com as costas da mão, ele olhava em volta à procura de seu pedaço de pau. Encontrou-o, afinal, e saiu caminhando. Nesse momento antevi uma agitação, notei que algo se movia. Era um arbusto, localizado a poucos metros do que restava da caixa de papelão. O menino se afastava, o arbusto se mexia, eu não entendia direito o que estava acontecendo — e então Camila saiu dali.

    Ela segurava a câmera, ia nas pontas dos pés para não chamar a atenção do menino. Foi seguindo-o até a esquina e parou. Dois rapazes surgiram no meio da praça, também saídos de esconderijos. Camila foi até eles, recebeu cumprimentos, fez alguns comentários inaudíveis. Esperei uns instantes, enquanto ela guardava a câmera na mochila. Um dos rapazes — que carregava o equipamento de áudio — aproveitou para fazer o mesmo. Nesse momento gritei o nome dela. Camila olhou para o lado oposto, não entendeu de onde vinha aquela voz. O outro cara deu um cutucão em seu ombro e apontou para mim. Ela se virou, apertou os olhos, como se tivesse dificuldade para acreditar no que via, depois abriu um sorriso e correu na minha direção. Que bom, disse, enquanto se jogava nos meus braços, que surpresa deliciosa. Eu ia falar algo, mas ela me beijou na boca, um beijo longo e úmido, daqueles que eu não estava mais acostumado a receber. Atônito, eu tentava encaixar os fatos, mas agora Camila acariciava minha nuca e, voltando-me na direção dos amigos, fazia as apresentações: Pablo, venezuelano, formado em cinema; Vladimir, cubano, dramaturgo. As descrições foram feitas assim, com nome origem e ocupação, e quando fui apresentado ouvi apenas: este é o Renato.

Camila continuou falando, mas eu não conseguia mais prestar atenção. Uma felicidade abrupta me sufocava. Eu tinha saído de casa com o objetivo de pegar aquela criatura pelo braço e pôr fim ao meu desconforto — e agora ela estava diante de mim e nada mais tinha importância. Eu estava sendo esmigalhado por sua beleza sincera, pela maneira apaixonada com que falava de mim, de si, de seus amigos. Seu espanhol era confuso, veloz, tão cheio de erros quanto de naturalidade — quase o oposto do meu, sempre correto e claudicante, fruto do tempo em que o doutor Polidoro ainda investia no meu potencial e, sem pensar duas vezes, me enfiou na escolinha de línguas mais disputada da cidade. Eu via Camila falando e só conseguia acompanhar o movimento de sua boca, os lábios rosados se contraindo e expandindo, revelando sem timidez os dentes perfeitos, brilhantes como pedaços de mineral. Só voltei a entender o que Camila dizia quando ela tirou a mão da minha cintura e, animada, propôs que saíssemos todos dali. Vamos tomar um negócio, ela disse, e aquele convite, por mais simples que fosse, parecia terminar de devolver as coisas aos seus lugares. Num segundo, enxerguei a real causa da minha aflição. Eu não soubera ler os sinais. Estava tão imerso em minhas elucubrações que fora incapaz de perceber o quanto Camila ainda precisava de mim. Me culpei por tê-la julgado, por ter me posto tão facilmente na posição de vítima, transformando um desencontro passageiro numa crise de grandes proporções.

Saímos caminhando. Pablo ia alguns passos à frente, assobiando e chutando pedrinhas. Atrás, um pouco mais devagar, Camila, Vladimir e eu falávamos sobre o clima ou qualquer outra generalidade. Algumas quadras depois, Pablo se virou e perguntou onde íamos. Camila disse que não sabia, que por ela dava na mesma. Animado, sugeri o Floridita, que eu ainda não conhecia — podíamos tomar uns daiquiris por lá. Os três me encararam como se eu fosse um alienígena. Só se você tiver trazido os *cohibas*, disse Pablo. Eu ia responder que não, que não fumava, que talvez tivessem charutos para vender por lá, mas antes disso eles explodiram numa gargalhada. Só então entendi que era uma piada, que para eles a ideia de ir ao Floridita era ridícula. É bar de gringo, disse Camila recuperando o fôlego, e a mim não sobrou outra alternativa senão engolir minha empolgação e deixar decidirem nosso destino.

Acabamos num lugar que era a correspondência direta do cubículo onde eu e Camila estávamos hospedados. Não era propriamente um bar. Era um pequeno balcão gradeado, improvisado na garagem de uma casa. Do outro lado da grade, uma senhora despenteada tirava cervejas de um isopor com gelo, que de vez em quando era abastecido por um gorducho sem camisa. Sentamos na única mesa disponível, um quadrado de madeira equilibrado sobre a calçada. Camila tirou uns biscoitos de aveia do bolso da mochila e, após distribuí-los, começou a exercitar um de seus passatempos preferidos: a celebração de suas companhias.

A tendência hiperbólica de Camila não era novidade para mim. Tudo o que acontecia com ela era extraordinário, todas as pessoas que conhecia eram geniais, não havia nada que a cercasse que não fosse único ou especial. Um de seus talentos, aliás, era conseguir dizer esse tipo de coisa sem soar presunçosa: o entusiasmo era autêntico, parecia movido por uma paixão generosa e desinteressada. Não era de surpreender, portanto, que Pablo, aquele magricelo de nariz comprido e cara esburacada, dono de um pomo de adão do tamanho de uma bola de golfe, fosse descrito como uma "figura de proa" da nova cinematografia venezuelana, "exímio conhecedor" da obra de mestres russos como Kulechóv e Pudóvkin, um dos mais preparados alunos egressos da EICTV, a Escola Internacional de Cinema e Televisão de San Antonio de Los Baños. Tinham se conhecido há alguns anos, durante a temporada que Camila passou em Cuba. Na época, Pablo fazia o terceiro ano do curso regular da escola, com especialização em direção cinematográfica. Ficaram algum tempo sem notícias um do outro, mas retomaram o contato quando Camila começou a desenvolver o projeto do documentário. Pablo se animou com a ideia, deu sugestões, se prontificou a ajudar. Acabou se convertendo numa espécie de diretor-assistente, responsável por conseguir o empréstimo de equipamentos, fazer contatos, pesquisar locações, isso sem falar nas canjas ocasionais de iluminador e sonoplasta. Um verdadeiro anjo da guarda, definiu Camila, dando um soquinho carinhoso no ombro dele.

A descrição de Vladimir também não fugiu à exorbitância habitual. Como poderia ser diferente? Eu estava diante de um dos destaques da nova dramaturgia cubana. "O novo Piñera", dissera um crítico. "O autor mais radical surgido em Cuba nos últimos vinte anos", decretara outro. Entre suas peças, quase todas premiadas, havia uma prestes a reestrear, uma reflexão futurista sobre o homem globalizado. Como se não bastasse, ele ainda dirigia e atuava, tudo isso aos vinte e cinco anos de idade. Era ou não era um fenômeno? Vladimir abriu um sorriso tímido, chacoalhou o minúsculo rabo de cavalo que pendia atrás de sua cabeça — tão pequeno que parecia ter sido roubado de uma criança — e disse que não era bem assim. Pablo reagiu dizendo que o único papel em que ele não convencia era aquele: o de modesto. Risos, goles de cerveja, eu sentado em minha cadeira enquanto o calor parecia amolecer meus ossos, e por um momento achei que Camila ia aproveitar a deixa e começar a falar de mim, quem sabe me descrevendo como um importante pesquisador da área odontológica, um companheiro único, um homem próximo do ideal. Mas não: a partir daí a conversa enveredou por minúcias de produção, um defeito técnico numa entrevista da véspera, a cena da praça, obtida quando Camila já dava por encerrado o trabalho do dia. Vladimir falou sobre as camadas de significado presentes naquela brincadeira infantil. Pablo concordou, soltou um suspiro meditativo, observou que seria interessante voltar lá outro dia e tentar conversar com aquelas crianças, mostrar a elas o material filmado, registrar sua reação. Ele olhou para Camila, à espera de aprovação, mas ela exibia um brilho estranho no rosto — e então pegou a câmera na mochila e, ligando o equipamento, pediu que a conversa continuasse.

Uma onda de animação tomou conta da mesa. O filme do filme!, exclamou Vladimir. Pablo ajeitou-se na cadeira e, como se nada estivesse acontecendo, entabulou uma digressão sobre as ambiguidades presentes no trabalho de edição. Vladimir falou algo sobre escolhas de montagem, e então teve início um longo diálogo envolvendo as particularidades do dispositivo, limitações de tempo e espaço, Camila andando em volta da gente com aquela câmera na mão, focalizando as coisas mais disparatadas, um biscoito, as pernas da mesa, o sol, o ombro de Vladimir. Contraído atrás de um pedaço de sombra, eu bebericava minha cerveja e torcia para aquilo não demorar demais. Já começava a alimentar fantasias com Camila, imaginar a volta ao apartamento, a trepada majestosa que coroaria a retomada de nossa vida sexual. Uma viagem nova se descortinava à minha frente. Toda a prostração, toda a angústia, tudo o que assombrara minha cabeça ao longo dos últimos dias agora parecia antigo, quase pré-histórico. Quer dizer: em termos. Ainda não seria aquele o momento em que eu me acostumaria à ideia de ser alvo de uma câmera. Ao contrário de Pablo e Vladimir, que davam a impressão de terem ficado ainda mais desembaraçados depois que a filmagem começou, eu me sentia intimidado. Camila percebeu isso e com um gesto me estimulou a participar. Fiz que não, que estava apenas escutando, mas imagino que os outros tenham visto nossa comunicação porque segundos depois — acho que agora falavam sobre o fim do roteiro ou a ditadura da moviola — Vladimir e Pablo interromperam a conversa e viraram-se na minha direção. Camila aproximou-se de mim, a lente da câmera quase roçando minha têmpora. Não havia outra alternativa. Trêmulo, eu chacoalhei a latinha em busca de um gole encorajador e, juntando ar nos pulmões, disparei:

— E o Fidel, hein?

Tentei fazer a pergunta soar ao mesmo tempo natural e desinteressada, como se estivéssemos todos cansados de saber sobre o assunto e aquela fosse apenas uma maneira de dar prosseguimento à conversa. Não sei se consegui. Talvez só tenha soltado um grunhido animalesco ou gaguejado algumas sílabas disformes — o fato é que o silêncio não se desfez. Notei que Camila havia se afastado, que Vladimir olhava para os dedos das mãos, que

Pablo coçava a cabeça e dava um gole longo na cerveja. Achei que não tivessem me escutado, mas então os dois rapazes trocaram um olhar, soltaram um ruído estranho, como se algo arranhasse o peito deles por dentro — e a explosão se repetiu. Pablo botou a mão sobre os lábios, para evitar que a cerveja espirrasse sobre a mesa. Vladimir, com o pescoço dobrado para trás, gargalhava tanto que fui capaz de ver suas obturações. Olhei para Camila, na esperança de encontrar em seu rosto uma expressão esclarecedora, mas percebi que ela também tinha achado graça, que mesmo agora, enquanto filmava um inseto que subia a perna da cadeira, ela fazia esforço para engolir a risada.

Desisti de encontrar uma explicação. Me limitei a rir também, fingindo ter entendido a piada. Pablo ergueu as sobrancelhas, como se fosse começar a dizer algo, mas um estrondo o interrompeu. Olhei para cima. Uma nuvem negra tomava o céu. Um vento forte atravessou a rua, batendo portas e venezianas. Árvores balançavam as folhas, mulheres recolhiam as roupas nas varandas, um bici-táxi passou em alta velocidade levando um casal de estrangeiros sorridentes. Camila guardou a câmera, Vladimir bebeu com rapidez o que restava de sua cerveja e num instante estávamos todos espremidos diante do balcão, sob o olhar curioso da mulher de cabelos desgrenhados, tentando decidir nosso futuro.

Eu já sabia o que fazer. Tinha chegado a hora. Camila não oporia resistência quando eu a pegasse pelo braço e, com decisão, decretasse: agora nós vamos embora. Tanta pose, pensei comigo, e no fundo ela não passa de uma menininha confusa, pronta a ser guiada de volta para casa. Enlacei sua cintura. Aproximei a boca de seu ouvido, mas quando ia começar a falar ela contraiu-se e deu um passo à frente.

— Já sei! — gritou, os olhos esbugalhados de excitação. — Vamos pra casa do Professor!

E estava feito. Minutos depois, enquanto eu corria para alcançá-los, enquanto observava Camila disparando na frente, pulando poças, desviando de carros, exibindo com naturalidade seu domínio das ruas havanesas, enquanto a via liderando aquela pequena fila de homens ensopados e esbaforidos, percebi com tristeza que não só meus planos haviam naufragado como em nenhum momento cheguei perto de mudar coisa nenhuma. De que lugar obscuro eu tirara a ideia de que Camila ouviria meus apelos? Por que diabos ela haveria de contrariar toda sua história pessoal e, num passe de mágica, começar a se submeter às minhas vontades? Uma coisa eu precisava admitir: Camila era coerente. Ela sempre foi daquele jeito, desde o primeiro dia, e o mais tenebroso era lembrar que tinha sido exatamente aquilo que me atraíra em sua personalidade. Ela só fazia o que queria. Entrou na minha vida de uma vez, sem titubear, proclamando seu amor por mim, por si, pelo mundo, escancarando as portas da minha intimidade com uma violência irresistível. Ela possuía aquela selvageria juvenil, predadora, o olhar impetuoso dirigido a tudo que aparecesse na sua frente, fosse um copo d'água ou um fenômeno sobrenatural. Pois agora aquele animalzinho encontrara seu habitat, um espaço que dominava e por onde caminhava com mais desenvoltura do que nunca — e a mim cabia apenas conformar-me com a ideia de que sua sobrevivência não dependia mais de mim.

    O Professor não ensinava nada. Acho que tinha esse apelido porque era velho, porque tinha sido um intelectual de renome, porque falava de um jeito didático, separando as sílabas, pontuando as frases com exatidão. Não consegui entender direito qual tinha sido sua ocupação. Sei apenas que, depois de se aposentar, ele começou a se dedicar à pintura. Era um sujeito branco, magro, com a cabeça raspada e olhos arregalados. Vestia uma camisa *guayabera* entreaberta e um short esportivo, que expunha suas pernas esqueléticas. O ar de caricatura era completado pelo bigode grisalho, tão espesso e volumoso que dava a impressão de que todos os pelos de seu corpo tinham resolvido se concentrar num só lugar.

As paredes do apartamento eram cobertas de quadros de sua autoria. A maioria era de aquarelas, com personagens vivendo cenas do cotidiano havanês. O detalhe autoral residia no fato de que, no lugar das cabeças, o Professor colava pequenos retratos de José Martí. Eram as *Martinicas*, como ele explicou, uma série de pinturas inspiradas no poeta e libertador cubano. Havia Martí pescando, Martí jogando beisebol, Martí dormindo, Martí mijando, Martí passeando de bici-táxi, Martí estendendo roupa, Martí caminhando pelo Malecón — até um Martí feminino, observando os próprios peitos no espelho do banheiro.

Depois de apresentar sua coleção, o Professor nos acomodou no sofá. Era visível a admiração que ele inspirava em Camila e seus colegas. Por um momento, acabaram as frases de efeito, os olhares irônicos, a empolgação autoindulgente. Sentados naquela sala, fazendo esforço para secarem-se com as toalhas surradas que o anfitrião emprestara, os três assumiram uma posição de humildade quase pueril, como crianças bem-educadas esperando o pai lhes contar uma história edificante.

E veio o sermão. Quando vi, o Professor estava no meio de uma longa explanação sobre um episódio de sua juventude, algo envolvendo Bola de Nieve, uma diva americana e o sequestro de Juan Manuel Fangio. Ele mantinha-se de pé, caminhando de um lado para o outro, e intercalava o olhar entre o chão e o rosto dos espectadores. Nem parecia que aquela tinha sido uma visita improvisada. A impressão que dava é que estávamos assistindo a uma palestra oficial, ao tocante depoimento de um dos luminares da intelectualidade cubana. Eu não saberia dizer se o que ele contava era interessante ou não. Talvez até fosse — e daí?

Eu estava envenenado. Tudo o que acontecia à minha volta era deformado pela constatação de que Camila não me queria mais. Ela estava ali, a poucos metros de mim, mas a cada segundo parecia mais inacessível. Sentado num canto do sofá, eu observava a circunferência de sua cabeça, os cabelos úmidos delicadamente arrumados atrás da orelha, e a impressão que tinha era de que cada parte daquele corpo existia unicamente para denunciar a distância que nos separava. Até o pescoço — o lindo e delicado pescoço de Camila, que durante tanto tempo me parecera uma forma superior de design humano — agora tinha se transformado no mais cínico, mais dissimulado, mais arrogante e cruel pedaço de carne de que eu jamais me aproximara. Eu sentia raiva de tudo. Não havia nada à minha volta que não me insultasse de alguma maneira.

O Professor nos ofereceu uma bebida. Era um rum caseiro, feito por um primo seu de Piñar del Rio. Vinha numa garrafa de cerveja e era tampado com um pedaço de pano. Não foram oferecidos copos: a garrafa passava de mão em mão, e bebíamos diretamente no gargalo. Pablo bebeu, Vladimir não quis, Camila deu um gole e fez uma careta — e passou a bebida sem olhar na minha cara.

Me atraquei à garrafa feito um desesperado. A palestra continuava, mas eu já não me dava ao trabalho de olhar para o Professor — apenas dividia a atenção entre Camila e o rum. Às vezes escutava uma palavra solta, e isso bastava para minha irritação se multiplicar. Ficava examinando Camila, seu sorriso de júbilo a cada curva inesperada do raciocínio do mestre, e me perguntava até que ponto os acontecimentos da tarde — a recepção na praça, o abraço, o beijo apaixonado — não faziam parte de uma grande encenação destinada a me humilhar. Lembrei de quando ia fazer uma obturação numa criança e, para distraí-la, passava alguns desenhos animados numa televisão instalada na parede do consultório. Era uma maneira de minar sua resistência, tirar seus pensamentos da broca que em alguns minutos penetraria sua pequena coroa dentária. Os afagos de Camila — por que não? — podiam ter o mesmo intuito: me apaziguar, fazer com que eu acreditasse em suas melhores intenções e, assim, recebesse com docilidade o golpe final.

Mas talvez fosse pior. Talvez não houvesse estratégia nenhuma, e Camila simplesmente resolvera me anular de sua vida. Fim do amor, e ponto. Eu havia me tornado um acessório, alguém por quem ela nutria tanta paixão quanto uma caixa de parafusos. Ainda podia vê-la no sofá de casa, a cabeça apoiada nas minhas coxas, o olhar maravilhado passeando pelo meu rosto enquanto a boca emitia toda sorte de planos para nossa temporada cubana — planos que incluíam *nós dois*. Fazia quanto tempo? Vinte dias? Um mês?

Era difícil aceitar que as coisas pudessem mudar tão rapidamente. Eu conseguia entender Pablo e Vladimir, por exemplo. Do ponto de vista deles, eu era um invasor, um estraga-prazeres que aparecera para empatar a foda com a princesinha tupiniquim. Isso não me fazia vê-los com mais simpatia, mas ao menos ajudava a compreender seus gestos. Camila, por sua vez, tornava-se cada vez mais obscura. Eu sempre me chocara com sua sinceridade, a maneira quase brutal com que costumava dizer o que sentia. Por que agora, quando eu mais precisava de sua franqueza, ela fingia que nada estava acontecendo?

Todas essas ideias rodopiavam dentro da minha cabeça enquanto, ao fundo, ecoava a voz do Professor. Ele movia os braços, fazia gestos grandiosos e teatrais. Às vezes a fala era interrompida por risadas, e então eu quase voltava à realidade. Mas já era tarde:

o rum fizera efeito, e tudo — as ideias, o discurso, as lembranças, a bebida — se misturava violentamente dentro de mim.

Nesse momento começou a cantoria. Acho que a música servia para ilustrar algum evento, talvez fosse algo que Bola de Nieve cantava, sei lá. O fato é que o Professor tinha a voz impostada, e Vladimir começou a batucar no chão, e Pablo soltou um assobio, e Camila abriu um de seus sorrisos extasiados. Foi tudo muito rápido. Quando vi, Vladimir estava de pé, agora marcando o ritmo com palmas. Pablo puxou Camila para dançar, e então ficaram os quatro ali, na minha frente, transformando o apartamento num radiante salão de baile.

Tinha alguma coisa errada. Enquanto os observava — Camila agora girando pela sala, exibindo com desenvoltura seus dotes de bailarina —, eu tinha a sensação crescente de que aquela coreografia era feita com o intuito de me atingir. Eu estava testemunhando uma espécie de dança do acasalamento, só que às avessas: os quatro estavam celebrando ritualmente a minha ruína amorosa. Quando eu começava a cogitar seriamente a hipótese de fugir pela janela, Camila veio balançando na minha direção e me estendeu a mão.

— Levanta — disse, com voz serena. — Vem dançar também.

Não me movi. Estava tentando decifrar seu olhar, descobrir que intenções secretas ele escondia. Ela ficou alguns segundos me encarando, mas eu não consegui chegar a uma conclusão — só percebi que havia um cílio preso em sua bochecha. Camila soltou um suspiro e voltou à pista.

Na verdade ela não voltou imediatamente. Antes foi até a mochila e — alguma surpresa? — pegou a filmadora. O efeito da novidade sobre os outros foi instantâneo. Pablo, que executava uma dança exótica envolvendo movimentos de quadril e um pedaço da cortina, resolveu mostrar suas habilidades em cima do sofá. Vladimir abriu os braços, aproximou-se da câmera, gritou algo para a lente. Até o Professor envergou uma pose de crooner e, caminhando de um lado para o outro, iniciou a interpretação de um bolero meloso, cheia de gestuais caricatos. Camila atravessava a sala, voltava, erguia a câmera sobre a cabeça, a levava até o chão. Eu seguia em meu lugar, calado e imóvel. Só meu polegar direito se rebelava, acariciando nervosamente o braço descascado do sofá.

Vladimir veio na minha direção. Prudente, fechei os olhos e fingi dormir. Não queria me arriscar a um contato, mesmo que involuntário. Pensei estar protegido, mas então ele avançou sobre mim e, num golpe seco, surrupiou a garrafa de rum que eu havia alojado entre as pernas. Não havia mais bebida ali dentro, mas o furto despertou minha ira reprimida. Levantei num pulo. Imediatamente senti uma tontura, um calor no rosto, uma fraqueza nas pernas. Fui contido por Pablo, que desceu do sofá e enlaçou meu pescoço. Acho que ele não percebeu que eu passava mal, queria apenas mostrar sua alegria com o fato de eu finalmente ter me juntado à celebração. Ficou cantando, o braço direito agarrado a mim enquanto o esquerdo regia uma orquestra imaginária. Não tardou para Vladimir se juntar a nós, me abraçando pelo outro lado. Fiquei entre os dois, inerte, até o momento em que eles começaram a rodar, transformando-me numa espécie de pivô da coreografia. Agora era eu quem me agarrava a eles, no esforço de continuar em pé.

Camila se aproximou com a câmera. A velocidade aumentou, eu via a sala girando, seus contornos transformando-se em figuras abstratas, linhas de cor, manchas indefiníveis. De tempos em tempos Camila pipocava à minha frente, mas apenas por uma fração de segundo: era possível vislumbrar sua boca sorridente, o brilho momentâneo da objetiva, e só. Fechei os olhos, na tentativa inútil de interromper a vertigem. Eu ouvia o bolero do Professor, os gritos de Camila, a respiração ofegante de Vladimir e

Pablo, e em meio a tudo isso sentia que estava chegando ao limite, que faltava pouco para me deixar sucumbir. Por sorte a coreografia começou a perder força, e o pequeno carrossel humano ao qual eu estava ligado foi reduzindo a velocidade. Pablo largou meu pescoço; eu, como reação instintiva, agarrei-me ainda mais a seu colarinho. Ele tropeçou, eu caí em cima dele, Vladimir desabou sobre nós dois. Quando dei por mim estava estatelado no chão, meu corpo atravessado por braços e pernas, o bolero repentinamente substituído por um acesso incontrolável de gargalhadas. Eram as risadas derradeiras daquele dia interminável, a demonstração de que eu não fazia parte daquilo, de que não havia esperança para mim. Camila voltou a se aproximar, mole de rir, e mirou seu instrumento na minha direção. Era o fim. Fui tomado por uma lucidez repentina, como se todo o álcool que eu ingerira nas últimas horas tivesse subitamente evaporado do meu organismo. Dei-lhe um empurrão brusco com o pé e, com toda a força que meus pulmões podiam acumular, exclamei:

— DESLIGA ESSA PORRA!

O grito veio em português, raivoso, cheio de saliva. Eu sabia que me entenderiam. Sabia também que desta vez não haveria olhares irônicos ou risadinhas ambíguas. O som ecoou pela sala, sendo aos poucos substituído por um silêncio perturbado. Camila, que havia caído sentada no chão, abaixou a câmera e me encarou. O Professor abriu um sorriso constrangido. Quando vi estava de pé, no meio de todos, e não me restava outra alternativa senão juntar minhas coisas e cair fora dali.

A chuva tinha parado, e aos poucos as calçadas voltavam a ficar apinhadas de gente. Escolhi uma direção ao acaso e saí caminhando. Acho que não passou um minuto até começar a escutar meu nome. Não me dei ao trabalho de virar.

— Por que você fez isso? — perguntou Camila, agarrando meu braço. Eu andava rápido, o que a obrigava a desenvolver uma espécie de trote para me acompanhar. Seus dedos me apertavam cada vez mais, suas unhas começavam a comprimir minha pele. — Eu falei com você — ela insistiu, me freando com um puxão. — Tá ouvindo, filho da puta?

Nunca um xingamento soou tão bem aos meus ouvidos. Olhei para a cara dela, que exibia um misto de lágrimas e suor. Pronto. Eu havia quebrado a couraça. Pela primeira vez desde a nossa chegada, senti que Camila me dava atenção verdadeira, que finalmente estabelecíamos uma comunicação direta e sincera. Deixei ela desabafar.

— Como é que você me dá um espetáculo desses? Hein? — Ela falava com fúria, cuspindo na minha cara. — Não sei se você sabe, mas eu tô aqui a trabalho. Não vim passar férias, não vim tirar fotinha de monumento ou encher o rabo desses drinques que o pulha do Hemingway bebia de graça!

Opa. Estava esquentando. Dava para sentir que o momento era aquele. Resolvi manter a tensão. Queria chegar ao limite, saber até onde ela podia ir, quando sentiria a necessidade de recuar, vestir a máscara, abrigar-se novamente sob a armadura da indiferença. Disse a ela que não aguentava mais. Que se ela queria me largar, que fizesse logo. Que eu não ia ficar perdendo tempo naquele lugar enquanto ela decidia qual o melhor momento para me chutar de vez.

Camila me olhava incrédula. Não dei tempo para ela raciocinar: eu queria atingi-la, e tentava medir as palavras para fazer isso com o máximo de precisão. Ela havia se dado conta de que fazia quase um mês que a gente não trepava? Que ela se agarrava àquela câmera como a uma pica de ouro?

A referência ao instrumento de trabalho animou um contra-ataque. Antes que eu pudesse continuar, Camila retomou o blá-blá-blá teórico com o qual costumava se proteger. Eu conhecia a estratégia. As palavras-chave estavam todas lá. A autorreflexividade. A porosidade do gênero documental. A encenação da verdade. A verdade da encenação. Intensidade, mergulho, a necessidade de viver para filmar, de explorar até o limite os mecanismos de representação. Em outras circunstâncias, diante daquela avalanche, eu teria soltado um suspiro resignado e deixado para lá. Mas agora eu sentia a necessidade urgente de retomar a ofensiva.

— Já percebeu que esse é um discurso pronto? — exclamei, interrompendo o monólogo. — Que você tá só repetindo um monte de chavão?

Deu certo. O rosto de Camila ficou vermelho, seus olhos se arregalaram. Ela gaguejou algumas sílabas, como se a indignação a impedisse de encadear um discurso linear, e então gritou com voz desafinada:

— Chavão? Isso é Jean Rouch! É Flaherty! É Coutinho! É chavão o que o Bill Nichols fala? Você é um ignorante, Renato. Você acha que sabe das coisas, mas não passa de um puta de um ignorante!

Estávamos na rua Obispo, no epicentro da vida turística e comercial de Havana. As pessoas passavam à nossa volta, olhavam, davam risada. Camila, com os olhos vidrados em mim, não dava atenção a ninguém — estava concentrada demais na missão de desmascarar meu obscurantismo. Esperei ela fazer uma pausa e disparei:

— Você tá dando pra esse Pablo?

Era o golpe que faltava. Primeiro ela soltou uma risada amarga. Com a voz trêmula, disse que estava começando a entender de onde aquilo tudo tinha saído. Me chamou de imbecil. De doente. A discussão seguiu adiante: estavam lá as ameaças, as vitimizações, as frases de efeito, todos os cacoetes retóricos de um desentendimento desse tipo. Eu não conseguia parar de provocar Camila. Quanto mais a irritava, mais parecia trazê-la de volta, mais retomava nossa conexão, nosso vínculo interrompido. Eu sentia que seu olhar tinha parado de me ultrapassar, que finalmente voltava a pousar sobre mim. Eu estava deixando de ser transparente. Era como se precisasse da raiva dela para voltar a existir.

 Em algum momento da discussão tínhamos voltado a caminhar. A certa altura Camila estacou, me mandou esperar, estendeu a mão para a rua. Em poucos segundos um calhambeque amarelo encostou no meio-fio. Camila enfiou a cabeça pela janela e perguntou algo ao motorista. A porta se abriu. Nos espremememos num canto, ao lado de uma senhora gorda que levava no colo uma garotinha de uns cinco anos, impecável em seu uniforme escolar. A discussão recomeçou. À nossa frente, a nuca brilhante do motorista parecia se contorcer a cada estocada verbal que Camila desferia contra mim. Você delira. Você parece uma criança. Você é uma besta, você não entende nada, você não vê que eu não posso fazer tudo? Que eu não tenho como satisfazer as suas carências?

 O carro fazia um barulho estranho, como se alguém o martelasse por dentro. A certa altura o ruído se intensificou, e uma fumaça escura tomou o para-brisa. O motorista estacionou, saiu, ergueu a tampa do motor. Pensei que os passageiros fossem levantar e ir embora, mas ninguém se moveu. Camila parou de falar, cruzou os braços, ficou suspirando e olhando para a frente. Espiei pela janela.

 Do outro lado da rua, um trio de rumba se apresentava num bar, o cantor tocando maracas, uma mulata rebolando. Numa mesa, alguns turistas batiam palmas, embasbacados com o desempenho da dançarina. Era uma cena comum, cotidiana, mas por um momento tive a sensação de que existia mais verdade naqueles gringos babões do que em todo o idealismo deslumbrado de Camila, todo seu discurso de integração, de encontro com o "autêntico" ou qualquer uma daquelas bobagens. O motorista entrou no carro e abriu o porta-luvas, de onde tirou uma linha de pesca e um pedaço de papelão. Voltou a mexer no motor e tentou dar a partida outra vez. Funcionou. Seguimos em silêncio o resto do percurso. Quando chegamos perto de casa, Camila pediu para o motorista encostar e atirou-lhe o par de notas que pagava a nossa corrida.

A discussão foi retomada no instante exato em que entramos no apartamento. Camila fechou a porta atrás de si e reiniciou o tiroteio.

— Você é um egoísta!
— Eu?
— Um puta egoísta do cacete!

As palavras saíam com violência de sua boca. Parecia que toda a fúria, todo o ódio, todas as forças que, no ambiente cosmopolita e psicanalisado em que crescera, Camila havia aprendido a reprimir, domando a própria agressividade a golpes certeiros de civilidade e bom gosto, tudo, enfim, de verdadeiramente irracional que havia dentro dela e que seu ar expansivo e impetuoso apenas deixava entrever — parecia que tudo aquilo irrompia de uma vez. Eu era, sim, o alvo final de seu olhar, mas a convicção com que ela me fuzilava começava a me causar arrepios. Tentei baixar o tom.

— É injusto você me dizer isso. Eu renunciei a tanta...
— Cala a boca! — ela gritou descontrolada. — Cala a boca, cala a boca, cala a boca! — e enquanto repetia essa frase ela golpeava a própria cabeça com as mãos abertas. Pensei que Camila teria uma síncope, mas então ela respirou fundo e, recompondo-se, continuou: — Vamos começar do começo. Você veio porque quis, tá lembrado? Eu convidei, você aceitou. Até achei que tinha te feito um favor. Não era você que queria se livrar do escroto do seu pai?

As coisas estavam tomando um rumo esquisito. A referência

ao meu pai me ofendeu: a imagem de sua cara angulosa desenhou-se na minha cabeça, os olhos pequenos, a boca contraída, e pela primeira vez senti vontade de defendê-lo. Era como se ele não pudesse participar daquilo, como se misturá-lo àquela história representasse uma agressão não só a ele, mas também a mim. Minhas mãos começaram a tremer. Minha voz saiu aguda, visivelmente fora de controle:

— Não fala assim do meu pai.

Camila deu uma risada perversa. Agora era ela quem parecia estar se divertindo às minhas custas.

— Ah, quer dizer que você vai proteger o doutor Polidoro? Que vai ficar ofendidinho porque eu xinguei o papai?

— Camila...

— Mas você sabe! Ou vai fingir que esqueceu? Eu vou ter que te lembrar o que esse canalha representa? Que ele sempre fez questão de me tratar como a tua piranha de luxo? Que nunca te olhou de frente, nunca te fez um elogio, que passou a vida te tratando como um empregadinho?

Não a deixei continuar. Minha reação foi rápida, Camila não teve tempo de se proteger. Lembro do silêncio, de sua mão pousada sobre a bochecha, do olhar atônito na minha direção. Ela revidou. Passamos uns segundos trocando safanões desencontrados, como dois moleques aprendendo a brigar. Eu media minha força, tinha medo de machucá-la; Camila, por sua vez, se atirava com violência sobre mim, o rosto vermelho, os cabelos desgrenhados, as mãos frenéticas multiplicando-se na minha frente. Consegui segurar seus braços. Enrosquei minhas pernas nas suas, joguei seu corpo contra a parede. Ela se contorcia, eu a apertava com mais força, íamos forjando uma dança patética, esbarrando nos móveis, arrastando-nos pelo quarto. A certa altura começamos a roçar um no outro, dando início a uma sequência de movimentos que parecia alheia ao nosso controle — era como se aqueles dois corpos tivessem se rebelado e, à revelia de seus donos, agora resolvessem chegar a um acordo. Trepamos com maldade. Não lembro como fomos dormir.

Acordei tarde, com a cabeça latejando. Sentia sede, calor, uma leve ardência no pau. Fiquei aliviado ao perceber que Camila já tinha saído, e que não deixara bilhete nenhum. Era sinal de que a discussão tinha surtido efeito, que não daria para seguir tocando as coisas como antigamente. Uma mudança estava em curso, e era reconfortante saber que ela também se dava conta disso. Resolvi não sair de casa. Minha mochila guardava uns restos de sanduíche, meio cantil de água, quatro ou cinco bolachas de chocolate. Comi com vontade. Ainda não tinha escurecido quando caí no sono outra vez.

No meio da madrugada voltei a acordar, desta vez com o sapatear das ratazanas. Corriam de um lado para o outro, roçando as patinhas na superfície do forro. Fazia tempo que eu não as ouvia, e pareciam mais agitadas que de costume. Acendi a luz e, ao olhar para cima, tive um sobressalto: o teto se movia. Os bichos eram tão pesados que as tábuas ficavam abauladas onde eles passavam, produzindo ondulações na madeira. Voltei a me deitar, mas o sono não voltou. Já era dia quando me levantei e resolvi abrir o armário — e então tive a confirmação daquilo que, no fundo, eu sempre temi.

Camila tinha ido embora. Levou roupas, câmera, fitas, livros, cadernos, utensílios de higiene pessoal — até um anzol enferrujado, que ela havia recolhido numa filmagem no porto e pendurado displicentemente no puxador de uma gaveta. Sentei na cama, diante da porta aberta do armário, e tentei dar algum sentido àquele conjunto de informações. Não consegui. Amor, rancor, ciúme, ódio, tristeza, toda a torrente de sentimentos que me consumira ao longo das últimas semanas parecia subitamente interrompida. Era como se quem tivesse desaparecido fosse eu. Algo tinha se quebrado, algo importante mas que eu mal conseguia compreender, e naquele primeiro momento eu não era capaz de sentir nada senão uma vontade desesperada de seguir em frente, de ignorar os apelos do passado e simplesmente deixar as coisas acontecerem, uma depois da outra, como em qualquer dia e em qualquer lugar.

Corri para a ducha. Ao terminar, saí do chuveiro e caminhei até a janela. O ar morno da rua soprou sobre meu corpo. Senti os pelos dos braços se arrepiarem e voltei à cama. Só quando estava completamente seco é que levantei, me vesti e saí de casa.

Parei na calçada. A rua tinha o movimento normal, mas meus sentidos pareciam dilatados: tudo se destacava, tudo era claro e reverberava com nitidez. Eu ouvia a buzina das bicicletas, a cantoria das mulheres estendendo a roupa nas sacadas, o som longínquo de um rádio, os gritos da meninada; via fachadas carcomidas, um cão vadio farejando o poste, homens sem camisa debruçados sobre o motor de uma caminhonete, uma senhora manca carregando uma chapa do pulmão, um casal de meia-idade caminhando abraçado e rindo de alguma bobagem. Eu estava ali, diante do prédio bolorento de onde saía todas as manhãs, e tinha a impressão de nunca ter estado antes naquele lugar, de estar olhando as coisas pela primeira vez. Em parte era verdade: de alguma maneira eu ainda não havia chegado a Havana, e agora finalmente colocava meus pés sobre ela.

2.

Consonância. Acho que a palavra é essa. Camila foi embora, eu me vi sozinho numa cidade que mal conhecia — e minha vida, em vez de entrar em parafuso, viu-se mergulhada num estado de suave consonância. Não havia remorso. Não havia saudades. De uma hora para outra tudo ficou simples, como se minha existência tivesse se reduzido a seus elementos fundamentais.

Engraçado: eu sempre temi que Camila me abandonasse, sempre construí fantasias horripilantes para o momento em que ela desaparecesse e eu tivesse que encarar meu desamparo. Pois agora o momento tinha chegado e, bem, não acontecera absolutamente nada.

É claro: às vezes, nos intervalos da euforia, eu conseguia desconfiar que aquilo não era natural, que não era possível que bastara Camila sumir para tudo entrar nos eixos. Se eu refletisse um pouco mais, talvez acabasse percebendo que, no fundo, ainda não era capaz de dar a nossa história como terminada — e que era essa fé silenciosa que alimentava meu desapego. Mas quem disse que eu tinha algum interesse em pensar sobre isso?

Eu me sentia livre. Era como se uma cortina tivesse sido removida da minha frente. Em nenhum momento pensei em voltar para o Brasil — eu precisava aproveitar aquela alegria, tinha que saboreá-la de alguma maneira. Munido de guia e mapa, dei início à exploração metódica de Havana, bairro a bairro, quarteirão a quarteirão. Retomei minhas anotações, feitas antes do embarque. Tracei itinerários. Montei grades horárias. Me transformei num turista obcecado, capaz de cronometrar passeios, calcular distâncias, organizar o dia de modo a fazer o máximo no menor tempo.

(Não que isso fosse alguma novidade para mim. Na verdade estava me reconciliando com uma característica que andava abandonada desde que Camila apareceu na minha vida e, com sua tendência para a anarquia, colocou tudo de pernas para o ar. Sempre fui sistemático. Um de meus passatempos preferidos na infância consistia em tirar os brinquedos do armário e enfileirá-los em ordem crescente pelo quarto — começava com as menores peças dos jogos de tabuleiro e só terminava, horas depois, com o monstruoso joão-bobo que havia herdado de uma prima mais velha. Na universidade, a perfeição das minhas próteses fazia os esforços dos colegas parecerem bizarras esculturas infantis.)

Em poucos dias dominei a geografia da cidade. Aprendi a fugir do sol, descobri a engenhosidade das ruas estreitas, das colunatas, dos traçados irregulares fabricando pequenas ilhas de sombra. Já não me perdia. Sabia para que lado ficava o porto, onde estava o parque Lennon, que ruas devia pegar para chegar mais rápido a Habana Vieja. Eu ainda gostava de Habana Vieja, frequentava os bares, bebia sem culpa os mojitos da Bodeguita, dava trocados aos tocadores de maracas, aos pedintes, aos livreiros, aos vendedores de charuto falsificado, mas cada vez encontrava mais prazer em me afastar daquela pequena bolha de civilidade, mergulhando sem medo nas vielas depauperadas de Centro Habana.

Tudo, agora, me fascinava. A cor do mar, a solidão dos monumentos. O som das ruas. A decadência dos edifícios. Não havia um centímetro daquelas construções que não estivesse minuciosamente puído. Eu olhava para as fachadas e pensava que talvez elas não resistissem a um chute bem dado, que era milagroso que continuassem de pé. Havana era uma carcaça. Uma ruína. Eu andava por ela como um explorador lunar, admirado com o fato de aquela cidade abrigar uma civilização, de ali viverem milhões de trabalhadores, estudantes, aposentados, todos levando suas vidas da maneira mais natural.

E havia as mulheres. Eu devia ter estado cego até então, para não reparar no curioso espécime que era a mulher cubana. Havia algo de duro, quase de masculino, em sua relação com as coisas, e isso se harmonizava de modo inesperado com uma certa leveza de espírito, com o riso fácil, o ar irônico e inteligente. Fosse vendendo uma pizza, fosse oferecendo um folheto ou caminhando para o escritório, aquelas mulheres pareciam sempre dispostas a simplificar as coisas, banhando seus gestos numa franqueza irresistível, capaz de harmonizar firmeza e graça, decisão e suavidade. O contraste entre elas e a paisagem arruinada as elevava ainda mais: em meio aos destroços, a beleza daquelas mulheres parecia um milagre. Várias vezes tive vontade de interromper meu trajeto e perseguir uma delas, descobrir onde morava, como dormia, o que gostava de fazer. Mas eu não conseguia: ou seguia o que tinha planejado, ou começava a sentir palpitações, falta de ar, um nó incômodo na garganta. Havia uma barreira invisível limitando meu contato com os outros, e eu não era capaz de desrespeitá-la.

Alguns dias depois do sumiço de Camila, resolvi me mudar. Consegui um quarto no hotel Inglaterra, com cama de solteiro e vista para o parque Central. Passei a primeira noite trancado lá dentro, regulando o ar-condicionado, trocando os canais da TV, abrindo e fechando o frigobar. Acho que estava com saudades dos eletrodomésticos. No dia seguinte acordei cedo, tomei o café da manhã, consultei minhas anotações, tracei o itinerário do dia. Já me preparava para deixar o quarto quando apalpei o bolso e me dei conta: eu ainda estava com as chaves do antigo apartamento, e tinha saído sem pagar. Passei alguns segundos pensando no que fazer, mas afinal resolvi adiar o problema e saí.

O molho de chaves me assombrou durante uma semana. Eu até conseguia esquecer o assunto enquanto estava na rua, mas quando voltava era inevitável: elas estavam ali, sobre o criado-mudo, e era impossível pensar em qualquer outra coisa. Eram três chaves, mas só a menor, que abria o apartamento, tinha realmente utilidade. Havia uma para o portão do prédio, que ficava sempre escancarado, e outra, a maior de todas, que eu nunca soube para que servia. Eu tentava me distrair com a TV, achava divertido o noticiário da noite, o locutor de bigode anunciando reportagens burocráticas, como se apresentasse um jornalzinho de centro acadêmico. Não adiantava: as chaves estavam ali, e eu não ficaria em paz enquanto não resolvesse o problema.

Escolhi ir ao prédio no horário do almoço, quando sabia que a zeladora estava em casa. Chamava-se Carmen, tinha cerca de cinquenta anos e era uma mulata robusta, de olhar duro e pescoço roliço. Embora eu a tivesse visto algumas vezes — seu apartamento ficava embaixo do nosso, e era comum que nos cruzássemos na escada —, nunca havíamos trocado palavra nenhuma. Quem conversava com ela era Camila, que havia descoberto o lugar através da indicação de um amigo e, como era de se esperar, não demorou a assumir o papel de porta-voz do casal.

A locação era ilegal. Chamávamos Carmen de zeladora porque ela trabalhava como intermediária de alguns dos moradores originais, responsabilizando-se por receber os "inquilinos" e negociar o "aluguel". A cobrança era feita a cada quinzena. Logo no primeiro dia fomos orientados a manter o apartamento sempre trancado e, no caso da fiscalização bater à porta, correr para o banheiro e fingir que não havia ninguém.

Subi o primeiro lance de escadas à espera do odor inconfundível de fritura que, a partir do meio-dia, costumava exalar do apartamento de Carmen. Eu lembrava daquele cheiro invadindo nosso quarto, tomando conta das roupas, dos móveis, das cortinas. Desta vez, porém, não havia odor nenhum. Dobrei a curva do segundo lance e, em vez do crepitar da fritura, escutei a batida frenética de um *reggaetón*, acompanhado a todo volume por uma voz estridente. A música vinha justamente do apartamento de Carmen. Me aproximei e bati na porta, sem resultado. Bati com mais força, já pensando em desistir, em aproveitar a oportunidade e adiar por mais uns dias aquela obrigação incômoda — mas então a porta se abriu, e quem apareceu à minha frente foi Yusimí.

Yusimí era a filha de Carmen, uma estudante de uns quinze anos. Eu já a tinha visto pelo prédio, sempre correndo, sempre apressada para alguma coisa. Era a primeira vez que a via assim, imóvel, e só então percebi que era maior do que eu. Tinha a pele morena, um pouco mais clara que a da mãe. Os olhos, de desenho amendoado, davam-lhe um ar mestiço, ligeiramente indígena. O que mais chamava a atenção em sua fisionomia eram os lábios, grossos, arroxeados, quase desproporcionais ao tamanho do rosto. Vestia um short esportivo, uma regata, tinha prendido o cabelo num coque. Estava suada e sem fôlego, o que me fez supor que estivesse dançando, que a voz esganiçada que acompanhava o som do rádio fosse dela. Pensei em me apresentar, com receio de que ela não soubesse quem eu era, mas antes que eu pudesse dizer qualquer coisa ela perguntou:

— Acabou a água?

— Como?
— A água. No seu apartamento. Às vezes acaba.

Expliquei que não, que na verdade queria falar com a mãe dela, que havia acontecido um contratempo e eu teria que acertar minhas contas e ir embora. Ela me encarou por alguns segundos, depois me pediu para entrar e apontou o sofá. Abaixou o som, foi até a cozinha, voltou com um copo de suco e uma pequena tigela. Deixou-os sobre a mesa de centro, mas antes que eu pudesse me servir enfiou a mão na tigela e abocanhou um punhado de salgadinhos. Com a boca cheia, fez um gesto para que eu esperasse e saiu saltitando da sala.

O apartamento de Carmen tinha aparência modesta: pintura desbotada, móveis surrados, fiação à vista. Na parede sobre o sofá, dezenas de recortes de revista, com imagens aparentemente aleatórias: havia modelos fotográficos, Madonna, uma bailarina dos anos 50, um pôster de tamanho inteiro de Podolski, jogador da seleção alemã de futebol. Na mesa de centro, uma coleção de bibelôs, a maioria de plástico, entre os quais se destacava um grande elefante de cerâmica azul, com a tromba remendada. Apesar do aspecto simples, a casa tinha uma boa quantidade de eletrodomésticos, como televisão, DVD, micro-system, freezer, aparelho de ar condicionado. Era evidente que o "trabalho" rendia um bom dinheiro à zeladora. Imaginei que ela tivesse uma porcentagem sobre os aluguéis, ou que os inflacionasse para abocanhar uma parcela. Eu estava observando as fotos sobre o sofá quando a menina reapareceu, o rosto lavado, os lábios brilhando.

— Minha mãe teve que viajar — disse.

Achei estranho que Yusimí não tivesse me avisado antes. Supus que Carmen estivesse prestes a voltar, ou então que pedira para a filha administrar os aluguéis na sua ausência. Enfiei a mão no bolso, disposto a acabar com aquilo, mas antes que pudesse dizer qualquer coisa Yusimí deu um gritinho eufórico e pulou na direção do som.

— Ai! Adoro essa música!

E aumentou o volume outra vez, começando a dançar de olhos fechados. Eu não sabia o que fazer. Tentei dizer algo, mas o som abafava minha voz. Gesticulei, mas Yusimí me ignorava. Ela começou a rebolar, balançando os cabelos, passando a mão sobre a nuca, o colo, a barriga. A performance durou uns três minutos, durante os quais me mantive pregado no sofá. A música chegou ao fim. Yusimí parou, os olhos fixos na minha direção, e um sorriso malicioso nasceu de sua boca ofegante.

Não acho que ela estava realmente interessada em mim. Talvez só quisesse me usar: eu era mais velho, vinha de outra parte do mundo, falava um espanhol hesitante, e isso tudo me dava a fragilidade e o fascínio necessários para que, aos olhos de Yusimí, eu me transformasse em cobaia para seus exercícios de sedução. Mas a coisa não era tão simples. Ela dançava como mulher. Seus movimentos, se não traduziam experiência, sugeriam uma intuição aguda, um enorme talento imitativo. Yusimí, enfim, tinha todas as ferramentas e as manipulava com perfeição — só não sabia muito bem quais as consequências de seu uso.

Quando a música foi retomada, ela resolveu me chamar para dançar. Vem, dizia, é fácil, *eres brasileño*, duvido que não me acompanhe. Não me movi. Havia algo de estranho naquilo tudo, algo que eu não compreendia e que por isso começava a me assustar. Meus últimos dias haviam sido tão perfeitos, tão simples, tão repletos de coordenação e disciplina que por um momento achei que estava livre, que minha emancipação tinha sido completa. Ilusão. Eu não sabia direito o que estava sentindo — sabia apenas que mais uma vez a confusão abria espaço dentro de mim. Não era só Yusimí, não era apenas seu corpo elástico serpenteando à minha frente. Era também o prédio, o apartamento, o fato de que poucos metros acima daquele sofá uma parte infame da minha vida havia se desenrolado, a ideia esquisita de que, mais acima ainda, sobre o forro, um pequeno grupo de ratazanas continuava a andar para lá e para cá — e enquanto esses pensamentos invadiam minha cabeça eu ia sendo tomado pela convicção de que precisava sair dali, que devia assumir o fracasso da minha missão e desaparecer imediatamente.

Foi quando me atirei sobre ela.

Lembro que tinha decidido ir embora, que cheguei a me levantar para sair e então, como quem tropeça, como quem deixa cair um objeto, me vi atracado com Yusimí. Lembro da sensação de tocar seu corpo, a carne dura resistindo aos meus dedos, a língua aflita dançando dentro da minha boca. Mais de uma vez tentei olhá-la nos olhos, mas Yusimí não me encarava: com as unhas cravadas nas minhas costas, ela parecia querer prender-se a mim.

Não demorou e a realidade voltou a despencar sobre minha cabeça. Eu tocava Yusimí e ela parecia encolher nas minhas mãos, como se a estampa da mulher feita não resistisse a alguns segundos de bolinagem. Aos poucos, fui sentindo que manipulava uma menina assustada, arrependida por ter começado aquilo mas orgulhosa demais para voltar atrás. Ela me agarrava com avidez, os gestos estabanados traduzindo mais pavor do que desejo. Balbuciava alguma coisa, palavras que eu não entendia mas que não pareciam dirigidas a mim. Meu tesão desapareceu. Comecei a tentar me soltar, mas ela resistia. Afinal consegui me desgrudar, e por um momento Yusimí ficou ali, na minha frente, os olhos desamparados fitando algo localizado entre meu ombro e minha orelha. Então ela se virou, saiu correndo, bateu a porta do banheiro — e eu aproveitei para cair fora.

Saí apressado e sem direção. Não havia do que fugir, mas o fato é que andei feito um doido, esbarrando em pedestres, driblando Ladas sem freio e Pontiacs desembestados. Só parei quando o corpo não suportava mais. Eu tinha dificuldade para respirar, o ar quente da tarde cozinhava meus pulmões. Eu precisava de um pouco de água. Olhei para o lado, vi um bar de esquina. Estava às moscas. Resolvi ir até lá.

O lugar não estava vazio apenas de clientes, mas também de funcionários. Era um boteco escuro, apodrecido, de paredes úmidas, repletas de prateleiras envergadas pelo peso das bebidas. Algumas garrafas estavam tão mofadas que tinham desenvolvido uma espécie de penugem no gargalo. Havia também uma geladeira enferrujada, em cima da qual repousavam linguiças secas e uma televisão ligada. O balcão, de madeira maciça, tinha a superfície esburacada por centenas de mensagens gravadas a faca. Depois de alguns segundos comecei a distinguir sons, que a princípio pensei saírem do aparelho de TV. Era a transmissão de algum tipo de reunião governamental, com dirigentes se revezando numa tribuna. Logo notei que aqueles ruídos não combinavam com o que se via na tela. Eram gemidos, grunhidos, sons inarticulados — não exatamente o que se espera ouvir da boca de um dirigente comunista.

Me debrucei sobre o balcão. No chão, de cócoras, um homem enfiava o braço embaixo da geladeira. Os gemidos vinham do esforço que ele fazia, contorcendo-se, esticando o corpo em busca da melhor posição. A certa altura o gemido se intensificou, foi se alongando até explodir num berro incompreensível. Me afastei num pulo, e então o homem se ergueu, triunfante, com um pequeno objeto nas mãos. Era um negro alto, forte, de trinta e poucos anos, cara quadrada e nariz triangular. Ao me ver abriu um sorriso e, sem tirar os olhos de mim, voltou a gritar. Desta vez reconheci as palavras.

— Pepe! Pepe!

Ouvi passos apressados descendo uma escada. Uma pequena porta encravada nas prateleiras se abriu, dando passagem a um baixinho gorducho, branco, meio calvo, de pele áspera e bigode espesso. O negro mostrou o objeto. O gordo — que supus ser Pepe — soltou um resmungo. Eu te falei, disse ele. Falou nada, rebateu o outro. Falei sim, treplicou Pepe, foi você quem deixou cair. Começou uma discussão. Concluí que aquele não era o melhor lugar para um descanso, e vi no desentendimento a oportunidade de sumir dali. Cheguei a ensaiar um movimento, mas Pepe interrompeu a conversa e virou-se na minha direção.

— Bebe alguma coisa?

Balbuciei uma resposta, tentei dizer que estava só passando, que agradecia a gentileza mas tinha que voltar para casa. Antes que eu pudesse concluir a frase, o negro abriu a geladeira, pegou um galão azul e despejou seu conteúdo dentro de um copo. A água era meio pastosa, mas matou minha sede. Agradeci mais uma vez e enfiei a mão no bolso, disposto a pagar pela bebida. Outra vez tive o movimento interrompido por Pepe, que tirou um saco plástico de uma gaveta e depositou seu conteúdo sobre o balcão.

— A água é de graça — disse ele —, mas precisamos de um juiz.

Só então percebi que o objeto perdido era uma peça de dominó.

Filiberto — ou Fili, como o negro disse que se chamava — fechou a porta do bar e me fez sentar na ponta do balcão. Encheu um copo de rum, proveniente de uma das garrafas de gargalo peludo, e o colocou na minha frente. Os dois sentaram em seus bancos, um de cada lado, e fiquei entre eles. A partida teve início. Fili jogava assobiando, o que gerou protestos da parte de Pepe, que exigia que eu impusesse minha autoridade de árbitro. Juntei coragem e pedi a interrupção dos assobios, o que, para minha surpresa, surtiu efeito imediato.

Era uma melhor de sete. Pepe começou na frente, parecia ter sempre as peças certas na mão. Depois de perder as duas primeiras partidas, Fili começou a soltar palavrões. Achei que fizesse parte de seu estilo, uma maneira de tentar desestabilizar o adversário. Quando ele jogou o copo no chão, porém, percebi que o clima que cercava aquela partida de dominó não era o que se poderia esperar de um passatempo amistoso. O copo espatifou--se no piso. Pepe ficou encarando Fili, que devolveu o olhar com um sorriso provocador. Eles voltaram ao jogo, agora em silêncio total. Pepe chegou a fazer três a um, com duas pedras de vantagem na quinta partida, mas então Fili iniciou uma reação espetacular. Acabou fechando a disputa em quatro a três, o que animou um surto de euforia. Ele começou a pular pelo bar, cantar, fazer coreografias. Estava prestes a subir no balcão quando Pepe explodiu. As peças de dominó voaram pelo bar, escondendo-se em lugares ainda mais remotos do que debaixo da geladeira. Fili ficou uns segundos olhando para Pepe, depois avançou sobre ele e começou a xingá-lo. Pepe pegou uma garrafa da prateleira e a ergueu no ar. Nesse momento eu desatei a chorar.

Nem sei se dá para chamar aquilo de choro. Era mais como uma convulsão, uma sucessão estranha de espasmos e contrações. Eu não sentia nada, mas meu rosto se enchia de lágrimas, minha garganta produzia soluços cujo ritmo eu não conseguia controlar. Notei que Pepe e Fili tinham interrompido a discussão.

— Já passou — disse Fili, enlaçando o pescoço de Pepe com o braço. — Viu?

Eles estavam pensando que eu chorava por causa da briga. Achei engraçado. Cheguei a esboçar um sorriso, mas voltei a cair em prantos. Pepe sacou a garrafa de rum, me serviu mais uma dose. Fili puxou uma cadeira e sentou do meu lado. Pôs a mão no meu ombro. Disse que eu estava entre amigos, que era só um jogo, que Pepe sempre se irritava quando perdia. Pepe quis protestar, mas Fili fez um gesto para ele se calar, como se exigisse respeito ao meu sofrimento.

As lágrimas começaram a cessar. Meus dois companheiros me observavam com ansiedade, e senti que devia dar alguma satisfação sobre o meu papelão. Ensaiei algumas palavras, tentei dizer a eles o que estava fazendo ali, que circunstâncias me levaram até o bar. A explicação não me satisfez. Recuei um pouco no tempo, falei de como tinha resolvido fazer a viagem, mas então as lembranças começaram a brotar, e uma palavra foi pedindo outra, e quando dei por mim estava discorrendo sobre minha mãe, meu pai, a odontologia, o diabo.

Enquanto falava, fui me dando conta de que era a primeira vez que contava algumas daquelas histórias. Não que houvesse algum segredo. Eu simplesmente nunca tive vontade de conversar sobre certos assuntos, nunca achei que minha vida pudesse ter algum interesse para alguém. Talvez fosse efeito da bebida, ou da certeza de que jamais voltaria a ver aqueles dois — o fato é que desandei a tagarelar.

O relato ganhou intensidade quando comecei a narrar a chegada a Havana. Falei dos primeiros dias, da instalação no apartamento, das minhas caminhadas, do comportamento ambíguo de Camila. Nesse momento minha voz subiu de tom. Narrei a ida ao prédio azul, o encontro com Camila e seus amigos, a corrida até a casa do Professor, a cantoria, a coreografia fatal. Falei da briga. Do sexo. Da ressaca esquisita no dia seguinte, até a descoberta do armário vazio.

A revelação do desaparecimento de Camila deixou Pepe perturbado. Ele curvou o corpo na minha direção. Tinha uma expressão de assombro no rosto, como se tivesse acabado de fazer uma descoberta abominável. Chegou a balbuciar algumas palavras, mas Fili esticou o braço e o interrompeu mais uma vez.

— Não começa, *asere*. Ela largou o cara. Só isso.

A secura com que a frase foi proferida me atingiu como um tiro. Eu nunca tinha pensado na coisa naqueles termos, ainda não havia parado para avaliar o que realmente podia ter acontecido com Camila. Eu sabia que ela havia sumido, mas na minha cabeça esse fato sempre teve algo de banal, como se não dependesse de escolha ou intenção. Foi preciso um desconhecido me atirar a verdade na cara para que eu finalmente compreendesse o óbvio: Camila tinha me abandonado.

A simplicidade dos fatos teve um efeito devastador. Senti uma tontura momentânea e me apoiei no balcão. Não sei por quê, nesse momento me veio à mente a primeira vez que flagrei Camila cortando o próprio cabelo. Ela estava no banheiro de casa, de calcinha e camiseta, e usava uma tesoura de cozinha para fazer o serviço. Levei um susto quando a vi. Cheguei a achar que havia algo por trás daquele gesto, que talvez ela estivesse se castigando por alguma coisa. Engano meu. Camila era incapaz de sentir pena de si mesma. Sua autoconfiança era tão grande que mesmo o desleixo funcionava a seu favor. Ela podia arrancar um olho. Podia retalhar a cara, que a nova configuração de seu rosto não demoraria a parecer natural, como se as noções universais de harmonia e beleza tivessem sido subitamente redesenhadas. Fiquei a observando da porta. Ao terminar, ela suspendeu a tesoura no ar e passou alguns segundos se admirando. "Ficou meio punk, né?", disse, linda, enquanto depositava a tesoura na pia e dava uma bagunçada no cabelo com as mãos. Eu não soube o que responder. Ela me olhou através do espelho e, com um sorriso no rosto, veio caminhando para trás, até encostar-se em mim. "Cê já comeu uma punk?", perguntou, enquanto me agarrava pela camiseta e me puxava para dentro do banheiro.

Pronto. Com uma só frase, Fili tinha trazido tudo de volta. Não eram só as lembranças: era a própria ideia de que naquele mesmo momento Camila estava em algum lugar, viva, respirando, andando por aí com sua mochilinha vermelha nas costas, olhando para as coisas com seu ar devorador. Aquela sim era a hora de chorar. Aquela sim era a hora de colocar tudo para fora, quem sabe até de sair correndo e voltar a Yusimí, afogando meu desgosto em sua boca monumental. Mas eu não fiz nada. Me mantive imóvel, apoiado no balcão e olhando para o infinito. Depois de alguns minutos me encarando — e talvez imaginando que eu não conseguiria retomar meu relato — Fili se aproximou e colocou a mão em meu ombro. Respirei fundo. Pedi um copo de água, que foi trazido por Pepe. Ficamos mais uns instantes em silêncio, até que olhei pela fresta da porta de metal e notei que havia escurecido. Fiz menção de me levantar, mas Fili espalmou sua mão no meu peito e me impediu de avançar.

— Você não vai embora assim — decretou. — Senta. Eu também tenho uma história pra contar.

Pepe soltou um suspiro entediado, acompanhado de uma expressão que devia significar algo como "não-acredito-que-você--vai-começar-com-essa-merda". Fili o ignorou, ao que Pepe virou--se de costas e começou a lavar a louça acumulada ao lado da pia.

A história, em resumo, era a seguinte. Fili tinha sido atleta. Um dos destaques do atletismo cubano, responsável por diversos recordes juvenis nas modalidades de salto em distância e duzentos metros rasos. Em 1989, aos dezessete anos, foi considerado por especialistas uma das principais esperanças de medalha para os próximos Jogos Pan-Americanos, que aconteceriam justamente em Havana, em 1991. Passou a treinar todos os dias. Fazia duas sessões diárias de treinamento, estudava à noite, vivia sob um esquema rígido de horários e controle de alimentação. Era visto como uma pequena joia esportiva, e tinha o dia a dia acompanhado de perto pelos peritos da Federação Cubana de Atletismo.

— Você tem que entender uma coisa — explicou Fili. — O muro tinha acabado de cair. O dinheiro soviético estava parando de chegar, a gente não tinha a menor ideia do que ia acontecer. Aí aparece o Pan-Americano e... Bem, era a grande chance. A gente tinha que provar ao mundo que ainda podia. Eu me sentia melhor que o Carl Lewis, entende? Me olhava no espelho e pensava: vou botar aquele crioulo pra lamber as minhas frieiras.

Como atleta promissor, Fili usufruía da boa reputação. Começava a ser reconhecido nas ruas, dava autógrafos, ganhava convites para eventos e inaugurações. Família e amigos o tratavam como herói. Tinha uma namorada, Isabel, com quem se casaria em breve. Era o homem certo na hora certa: sentia-se parte de uma fraternidade de guerreiros, destinada a colocar — com a força de seus músculos, com o brilho de seu talento — a história novamente no prumo. Tudo parecia possível. Uma eletricidade irresistível tomava conta do país, e Filiberto García era um dos protagonistas desse frenesi.

Foi aí, justamente quando a narração adquiria contornos mais grandiosos, que Fili estacou. Ficou uns minutos em silêncio, o olhar baixo, os dedos passeando pelo tampo do balcão. Só o barulho da pia se destacava, Pepe lavando a louça com estardalhaço, como se quisesse chamar nossa atenção. Foi preciso um cigarro e duas novas doses de rum para Fili juntar coragem para prosseguir.

O desastre aconteceu cerca de quinze dias antes do início dos jogos. Fili estava se aquecendo para iniciar o treinamento, fazendo a rotina de sempre, alongamento, breves piques de corrida. Num desses piques, ao reduzir a velocidade, ele sentiu um estalo no joelho direito. Não deu nem para pensar: quando viu, tinha desabado no chão, tomado pela dor mais pavorosa que jamais experimentou. Fazia alguns meses que ele vinha sentindo algumas pontadas quando corria, mas o técnico havia dito que aquilo era normal, uma "reacomodação" vinculada ao aumento na carga de exercícios. Pois bem: agora Fili estava ali, caído na terra, numa agonia tão insuportável que se alguém lhe apresentasse um serrote talvez ele aceitasse dividir a perna em duas. O tendão patelar de seu joelho direito tinha se rompido. Lesão grave, com prazo de recuperação superior a um ano.

    Fili entrou em depressão. Trancou-se no quarto, não queria mais ver ninguém. Só Isabel o consolava. O médico lhe deu esperanças após a cirurgia, disse que ele não estava desenganado, que tinha condições de voltar a ser competitivo — havia inclusive a possibilidade de se recuperar a tempo da seletiva para os Jogos de Barcelona. Fili sabia que não era bem assim. Cedendo aos apelos dos colegas, ele acompanhou o Pan-Americano junto da equipe de atletismo, mas o que devia ser um ato de solidariedade e estímulo transformou-se num tormento. Era terrível admitir, mas a experiência de ver os colegas brilhando, ganhando medalhas, transformando-se em heróis nacionais, longe de lhe causar satisfação, o torturava. Nem a inédita liderança cubana na classificação geral foi suficiente para tirá-lo da prostração. Carl Lewis não viera, os americanos tinham sido derrotados, Cuba mostrara ao mundo do que ainda era capaz, mas de uma hora para outra isso deixara de ter importância, tornara-se um fato tão trivial quanto qualquer outro.

    Fili nunca mais voltou a competir. Recuperou-se, mas já não era capaz de ter o mesmo rendimento de antes. A consciência do fracasso veio aos poucos, treino a treino, exame a exame. A esperança, lentamente arruinada, foi cedendo lugar à amargura. Isabel, agora estudante de direito, tentava inutilmente animá-lo. Em um ano Fili engordou doze quilos. Passava o dia no quarto, assistindo a novelas e entupindo-se de biscoitos. Depois de algum tempo, porém, resolveu fazer um esforço para se reerguer. Voltou aos estudos, deu início à faculdade de farmácia. Marcou o casamento com Isabel. Quando as coisas pareciam estar voltando ao normal — ou ao menos a uma normalidade administrável, do tamanho que sua frustração podia absorver sem risco de recaídas — veio o golpe final.

— Um dia passei na casa de Isabel — continuou Fili, e a referência à namorada moldou um sorriso nostálgico no canto de sua boca. — A gente tinha tido uma pequena discussão na véspera, eu queria fazer as pazes, ia convidá-la pra ir ao cinema. A mãe dela abriu a porta e olhou pra minha cara com um ar de completo horror. Na hora me veio um calafrio, eu pensei: ela morreu. Juro, achei que dona Mercedez ia me dizer que a Isabel tinha sido atropelada, ou que tomara um choque tentando sintonizar a televisão. Peguei a mulher pelos ombros, quase a ergui do chão. Fiquei gritando o nome de Isabel, ela começou a chorar, não conseguia pronunciar palavra nenhuma. Então me entregou um papel, um cartão de visitas. Eu li: Karl Schultheiss. Embaixo havia uma inscrição em alemão. Fiquei uns segundos olhando pro cartão. Olhei de novo pra cara chorosa da dona Mercedez. O nome ficou ecoando dentro da minha cabeça, Karl Schultheiss, Karl Schultheiss, e então me lembrei de um comentário que Isabel fizera alguns dias antes, sobre a visita à universidade de um professor de direito administrativo da Universidade de Leipzig. Ela falou por alto, com desinteresse, só lembrei porque ela havia achado graça do sujeito, disse que ele era esquisito, que parecia ter um olho maior que o outro. Direito administrativo... Quer especialização mais cretina do que essa?

— Espera — interrompi. — Acho que não entendi. Esse alemão...

— Você tem uma certa dificuldade com esse assunto, não? — indagou Fili. Sua expressão ganhou um vigor inesperado.

— Ela foi embora, meu caro, igual sua namoradinha. Agarrou-se ao pau mole daquele alemão e sumiu pra sempre desta ilha de bosta. Eu sei, parece brincadeira. Depois do joelho estourado, a deserção da noiva. Se me contassem eu juro que não acreditava.

Fili enterrou o nariz no copo de rum e virou o que devia ser sua décima dose. O homem era indestrutível. Não havia nada em seus gestos que revelasse qualquer grau de bebedeira. Seus olhos voltaram a me esquadrinhar, como se esperassem algo de mim. O que ele queria? Eu não sabia o que dizer. A amargura de Fili era recheada de resignação. Sua vida tinha acabado — eram essas as palavras que ele usava —, e desde então ele se limitava a levar o corpo de um lado para o outro, na esperança de que o destino não lhe aprontasse mais armadilhas. Perguntei se ele não voltara a se relacionar com ninguém.

— Só pra esvaziar as bolas. Não quero mais saber dessa merda.

E jogou outro copo no chão, como se com isso desse um ponto final àquela conversa. Pepe reapareceu na portinhola atrás do balcão, sem camisa, uma escova de dentes espetada na boca. Fili fez um gesto displicente com os braços, indicando que era óbvio que iria varrer a sujeira. Pepe desapareceu outra vez — e a noite se encaminhou para um desfecho melancólico, cuja lembrança minha embriaguez felizmente ajudou a apagar.

Acordei com um dedo áspero erguendo minha pálpebra direita. Ainda tentei afastá-lo com o pensamento, na esperança de que fosse apenas um sonho desagradável. Não era. Me ergui num pulo e encontrei a cara gorda de Pepe a um palmo de distância do meu rosto.

— Onze e meia — ele disse com ar ansioso.

Olhei em volta. Ao meu redor, um mar de sucata se avolumava, o que fazia do pequeno colchonete onde eu passara a noite uma espécie de ilhota acanhada. Eu estava no centro de um imenso cômodo, de pé-direito alto e janelas coloniais, e não havia um centímetro do piso que não estivesse ocupado por algum tipo de quinquilharia. Eram móveis velhos, caixas de papelão, peças metálicas, garrafas de plástico, latas de tinta, pedaços de eletrodomésticos, cabos, transformadores, canos, bobinas, utensílios de cozinha: o caos era tanto que o próprio Pepe tinha dificuldades em ficar de pé, e equilibrava-se entre o que parecia ser a carcaça de um fogão e uma pequena montanha de caixotes de feira. Ele atirou uma toalha no meu ombro e apontou para um canto.

— O banheiro é ali. Anda. Vamos almoçar.

Ele falava com tanta convicção que resolvi não contrariá-lo. Tomei um banho rápido, tentando acomodar meu corpo sob o fiapo de água que saía do chuveiro. Ao fundo ouvia o assovio de Pepe, que se entretinha analisando objetos encontrados em meio à sucata. Quando apareci à sua frente, ele ergueu no ar uma pequena peça de metal e olhou para mim.

— Moskvitch — exclamou. — Melhor carro que o homem já fez — e atirou a peça de volta aos escombros.

Descemos uma escada apertada, que desembocava numa pequena porta de ferro. Quando chegamos a ela, Pepe virou-se e fez um sinal de silêncio com o dedo indicador. Saiu, deu uma olhada ao redor e, como se estivéssemos prestes a atravessar uma zona conflagrada, me autorizou a correr para fora. Ainda tentei reduzir a velocidade, para dar uma olhada naquele lugar à luz do dia, mas acho que Pepe não queria arriscar um reencontro com seu sócio — e me puxou para a rua.

Era difícil acompanhar o ritmo de Pepe. Ele andava com concentração, os passos curtos e rápidos, os bracinhos duros movendo-se maquinalmente junto ao corpo. Depois de uns vinte minutos de marcha, deixamos Centro Habana e enveredamos pelas alamedas arborizadas do Vedado. A mudança de cenário não ajudou a amenizar o cansaço, e eu me esforçava para não deixar Pepe se afastar. Ele não olhava para trás. Parecia não ter a menor dúvida de que eu continuaria a segui-lo. A certa altura, fez uma curva brusca à direita e parou diante de um pequeno prédio de três andares. Com ar desconfiado, olhou para os lados e enfiou a mão dentro de um pequeno vaso, de onde tirou a chave da porta.

Subimos dois lances de escada e fomos recebidos por um senhor alto, magro, de cabelos compridos e barba por fazer. Pepe o cumprimentou enfaticamente e, por algum motivo que eu não entendi, me apresentou como "Alberto". O apartamento era amplo, com uma sala em L e uma sacada tomando a fachada. Estava apinhado de clientes, que se acotovelavam em pequenas mesas de ferro dispostas entre a mobília. Eu já tinha comido em restaurantes familiares em Havana, mas aquele parecia levar o conceito ao limite. Num canto da sala, empoleiradas num sofá, duas crianças dividiam-se entre assistir à TV e trocar beliscões; na sacada, uma senhora cantarolava enquanto pendurava roupas coloridas num varal; entre as mesas, vestindo um pijama entreaberto, um senhor muito idoso tentava atravessar o cômodo, uma xícara de chá pendendo da mão trêmula. Sempre seguindo o anfitrião, Pepe e eu fomos instalados no lugar mais reservado do estabelecimento, um quartinho anexo à área de serviço. Sentamos numa pequena mesa que se espremia entre uma estante cheia de arquivos de plástico e uma escrivaninha sobre a qual jazia um computador dos anos 90.

Instado a escolher entre porco ou peixe, fiquei com a segunda opção. Quis perguntar qual era o acompanhamento, mas a essa altura Pepe e o proprietário já tinham dado início a um diálogo incompreensível. Podia ser bastante penoso decifrar o espanhol dos cubanos, principalmente quando falavam entre si; o ritmo veloz, somado ao hábito de omitir as consoantes, fazia a língua soar como um uivo desconexo. O proprietário saiu. Ficamos uns segundos em silêncio, embalados apenas pelo ronco do computador, cuja proteção de tela exibia uma espiral colorida que se esticava e encolhia. Pepe levantou-se e fechou a porta.

— Melhor ficarmos a sós. Você sabe.

Eu não sabia. Eu não tinha a menor ideia, aliás. Ele voltou a sentar, batucou na mesa, ensaiou um assobio. Olhou para a própria camisa, de onde tirou um fiapo solto de algodão. Penteou o bigode com a ponta do polegar, conferiu por um instante a limpeza das unhas e então, como se só agora estivesse pronto para dar início à conversa, disse:

— Acho que deu pra perceber que meu sócio não bate muito bem.

O fim do silêncio me deu certo alívio, mas fiquei sem saber o que dizer. Dei de ombros. Talvez ele tivesse razão. Como saber?

— O Filiberto ficou cego — continuou Pepe. — Um país como esse exige olhos abertos, e o cretino não enxerga mais um palmo à frente do nariz. Não se pode... — Mas a frase ficou pela metade. Ele parecia ter se lembrado de algo fundamental, ou esquecido do que falava. Seus olhos se afastaram de mim e, com ar inocente, passaram a examinar o quartinho. Um sorriso manso brotou em sua boca. — Simpático aqui, não?

Assenti com a cabeça. Pepe esticou os braços, relaxado, e os fez descansar atrás do pescoço. Pensei que completaria a observação com outra generalidade, ou que voltaria ao assunto do sócio — mas então, como se não fosse nada, como se assobiasse, como se estivesse tecendo um comentário inocente sobre a umidade do ar ou o cheiro da comida, disparou:

— Acho que eu sei como encontrar a sua namorada.

Cheguei a duvidar por um instante do que tinha ouvido. Deixei as palavras ecoarem uns segundos, escandindo as sílabas, certificando-me de seu significado. Imediatamente me lembrei da noite anterior, do rum, do dominó, dos copos estourando no piso, daqueles dois sujeitos me encarando feito crianças diante de um novo brinquedo, de tudo o que havia passado pela minha cabeça diante daquele balcão gorduroso e que, até alguns segundos atrás, parecia ter sido engolfado pela minha amnésia alcoólica. Tive um princípio de taquicardia. Eu queria me controlar, queria dizer a Pepe que para mim Camila estava morta, que ele podia procurá-la, encontrá-la, fazer com ela o que bem entendesse — mas não. A referência ao assunto acendeu qualquer coisa dentro de mim, e era difícil conter os impulsos que começavam a me dominar.

— Sabe? — gaguejei. — Como assim?

Pepe não respondeu. Tinha voltado a abrir aquele sorriso bonachão, e agora olhava pela janela com ar nostálgico.

— Tive um amigo que morou ali — disse, enquanto apontava para um casarão acinzentado do outro lado da rua. — Pino Velásquez... Que falta faz aquele *cabrón*.

A rapidez com que Pepe torcia o rumo do diálogo era exasperante. Eu estava imobilizado: só conseguia fitar sua boca e esperá-la abrir outra vez, pronunciando as palavras que eu precisava ouvir. Depois de alguns segundos olhando pela janela, ele voltou a me encarar.

— É uma questão de averiguação — explicou —, mas desde já posso adiantar que essa moça não te deixou por vontade própria.

Minha expressão se contorceu de tal maneira que Pepe não conseguiu conter um novo sorriso. Ele ia continuar, mas então chegou a comida, o que o obrigou a se calar. Fomos servidos de arroz, feijão, repolho, filé de peixe empanado, dois copos de suco de uva. Pepe e o proprietário voltaram a trocar algumas palavras, e aproveitei a pausa para atirar-me sobre o prato, como se aquela conversa fosse uma alucinação provocada pelo jejum prolongado. Quando o proprietário saiu, foi minha vez de correr até a porta e fechá-la.

— Continua — exclamei. — O que você quer dizer com essa merda?

Minha veemência não abalou Pepe, que havia acabado de abocanhar um naco de peixe e, com a mão espalmada, me pediu para esperar o final de sua mastigação. Engoliu, afinal, mas antes de responder deu um longo gole no suco de uva.

— Eu não quero fazer deduções precipitadas — disse, enfim, enquanto dava uma olhada desconfiada no fundo do copo.

— Só acho que os indícios levam a certas conclusões. Ou você acha que uma moça sai perambulando impunemente com uma câmera na mão numa cidade como Havana?

— Eu não acho nada — respondi, cuspindo um grão de arroz. — Pra mim isso não faz o menor sentido. A Camila não foi levada por ninguém. Ela pegou as coisas e foi embora.

— Você tem toda a razão de desconfiar de mim. No seu lugar eu também desconfiaria. A questão é que você não conhece esse país. As coisas aqui funcionam de outro jeito.

— Mas...

— Veja bem. Eu não estou fazendo afirmação nenhuma. Apenas sugeri a linha de investigação que me parece mais adequada.

— Linha de investigação? Do que você está falando, meu Deus?

Eu já estava debruçado sobre a mesa. Um filete de suor descia pela minha têmpora direita, e a comida começava a dar piruetas dentro do meu estômago. Eu me sentia protagonizando uma brincadeira de mau gosto, e por um momento tive a certeza de que Pepe interromperia a conversa e apontaria para uma parede falsa, onde estaria alojada uma câmera escondida. Mas ele mantinha-se impassível. Olhou novamente pela janela, e pensei que fosse retomar uma de suas divagações. Então ele voltou os olhos para mim e soltou um suspiro condescendente.

— Vamos lá — recomeçou. — Deixa eu ver como eu posso te explicar. Em Cuba as coisas nunca... Hã... Quer dizer... Vamos supor... — Seus olhos passeavam ao redor do meu rosto, como se a explicação estivesse flutuando em algum lugar atrás de mim.

— É como um filtro. Não, um filtro não. Uma cebola. Imagine uma cebola, as peles da cebola. Você vai tirando as camadas... — Interrompeu-se um instante, reorganizando os pensamentos. — Um motor. É isso. As engrenagens. Aquilo está ali, mas o que acontece... — e finalmente, num gesto de desistência, esticando o pescoço na minha direção e começando a sussurrar: — Acho que você compreende. Eu já estive por aí. Você não vai achar ninguém melhor pra fazer esse serviço.

Aquilo era demais para mim. Num impulso, larguei os talheres no prato e me levantei, atirando um par de notas sobre a mesa. Falei que precisava ir embora, que tinha que voltar ao hotel e resolver algumas questões burocráticas. Pepe ainda tentou argumentar, mas eu dei um aceno distante, disse que tinha sido um prazer conhecê-lo, que certamente voltaria a procurá-lo no bar — e saí.

Cheguei à rua com a certeza de que Pepe correria atrás de mim. Até me virei algumas vezes, na ilusão de que tinha escutado meu nome. Cheguei a ziguezaguear pelos quarteirões para despistá-lo, mas depois de alguns minutos me convenci de que estava livre. Segui em frente, buscando o lado da calçada que melhor me protegesse do sol, erguendo o rosto para receber a brisa marítima que soprava entre as alamedas.

A visão do hotel Inglaterra me atingiu com o impacto de uma miragem. A fachada neoclássica parecia fornecer a correspondência concreta das minhas aspirações: racionalidade, estrutura, harmonia, conforto. Pensei em meu quarto refrigerado, na cama, na ducha forte e gelada que tomaria dentro de alguns instantes. Estava cruzando o saguão de entrada quando ouvi o assobio. Não havia como saber se era para mim, mas ainda assim me apressei rumo ao elevador. A porta estava prestes a se fechar quando escutei os passos curtos e duros, a respiração ritmada — e então me ocorreu, com uma ponta de desespero, que não era improvável que na véspera eu tivesse mencionado onde estava hospedado. Uma mãozinha gorda irrompeu entre as folhas de metal, obrigando a porta a se abrir novamente.

— Desculpe — disse Pepe esbaforido. Seu rosto estava coberto de suor, o que dava à sua figura um ar mais patético que o usual. — Talvez eu tenha me expressado mal. Me dê quinze minutos. Por favor.

O que eu poderia fazer? Chamar a segurança? Eu não queria arrumar confusão. Eu jamais conseguiria admitir àquela altura, mas a verdade é que, por trás de toda a ânsia em me livrar de Pepe, o fato de reencontrá-lo me causava uma pequena satisfação, como se a luz que suas "revelações" haviam acendido em mim ainda custasse a se apagar — e talvez por isso a ideia de escutá-lo por mais alguns minutos não tenha me parecido tão absurda.

Não quis levar Pepe ao meu quarto. Pedi para ele esperar no bar do térreo, enquanto eu tomava uma ducha decente e trocava de roupa. Cheguei a tempo de vê-lo pedindo um dry martini ao garçom. Havia algo estranho em sua voz, uma entonação mais rascante e vagarosa. Quando me sentei, Pepe explicou que em alguns hotéis precisava fingir que era espanhol, para evitar maiores complicações.

Tivemos uma conversa clara, direta, sem as ramificações insuportáveis do almoço. Desta vez, Pepe tinha assumido uma postura mais cautelosa. Disse que minha resistência era compreensível, que era até saudável que eu reagisse assim — segundo ele, isso dizia muito sobre minha inteligência e perspicácia. Mas o sujeito não se rendia. Queria um voto de confiança. Sentia que podia me ajudar, que tinha conhecimentos suficientes para resolver meu problema. Eu resisti. Ele teimou. Estávamos chegando a um impasse quando ele propôs um meio-termo:

— O apartamento. O lugar onde vocês viviam. Me deixa dar uma olhadinha nele. Prometo nunca mais te importunar com essa história.

Eu tinha um receio óbvio de sair novamente com Pepe, mas de repente me pareceu que voltar ao apartamento tinha um lado positivo. Era a oportunidade de quitar a dívida com a zeladora, botando fim à minha ligação com aquele pardieiro. A presença de Pepe também serviria para deixar menos constrangedor meu eventual reencontro com Yusimí, caso ela estivesse em casa. Eu poderia resolver vários problemas de uma só vez, e decidi dar uma chance ao azar.

Pepe não pagou pelo dry martini. Na verdade nem terminou de bebê-lo: sua satisfação com meu sim foi tão grande que ele deu um tapa na mesa e se ergueu, ágil como uma criança. Pepe tinha pressa, mas como não sabia onde íamos foi obrigado a conter o ímpeto e caminhar no meu ritmo. Era divertido: a ansiedade o impelia a acelerar o passo, mas suas perninhas tinham que frear continuamente, transformando seu andar num tipo de trote manco. Quando chegamos à entrada do prédio, ele colocou a mão sobre meu ombro e, pressionando minha clavícula, ordenou:

— Vamos primeiro ao apartamento.

Eu devia tê-lo mandado tomar no rabo. Ele não estava em posição de dizer o que devia ser feito ou não. Só me mantive calado porque, no fim das contas, a ideia não era ruim: enquanto caminhávamos, eu fui desenvolvendo um pequeno pavor diante da perspectiva de voltar a encontrar Yusimí, e aquele adiamento de repente me pareceu apropriado. Subimos os degraus com cautela. O sol começava a descer, os raios entravam pelas janelas laterais e, dependendo da posição em que estávamos na escada, tínhamos que cobrir os olhos com as mãos. Aceleramos ao passar pelo andar de Carmen, cujo apartamento desta vez estava em silêncio.

Antes de entrar, Pepe sugeriu que tirássemos os sapatos. Enquanto eu procurava a chave certa para a fechadura, ele se dedicava a analisar os batentes, dar batidinhas na madeira, medir com palmos a distância entre a porta e a amurada do corredor, observar inclinações, ângulos, pontos cegos, rotas de fuga. Seu olhar fervia de excitação.

Voltar ao apartamento, conforme eu deveria ter previsto, não se revelou uma experiência agradável. Estava tudo lá: a cama desarrumada, o armário entreaberto, o piso irregular, as paredes emboloradas. As coisas tinham ficado do jeito que eu deixara, imóveis, como numa fotografia. Sem olhar para os lados, atravessei o quarto e me sentei numa cadeira perto da janela, de onde fiquei espiando a rua, tentando me concentrar no movimento dos pedestres, na confusão de ruídos que vinha das calçadas. Atrás de mim, eu podia adivinhar Pepe caminhando pelo quarto, vasculhando o banheiro, examinando cada centímetro daquele cubículo odioso. Ao redor da cama, amassados em pequenas bolinhas, ele encontrou alguns dos bilhetes que Camila costumava me deixar. Expliquei do que se tratava, ele leu, dobrou com cuidado, guardou no bolso da camisa. Sentou-se no chão. No verso de um guardanapo, começou a rabiscar uma planta do apartamento. Só interrompia o trabalho para me fazer perguntas, que eu respondia secamente. Vocês dormiam aqui toda noite? De que lado da cama você ficava? Alguma vez foram acordados por barulhos estranhos? Como era o comportamento dos vizinhos?

Comecei a ficar impaciente. Lá fora, um velho passou empurrando um carrinho de supermercado vazio. Da outra ponta da rua vinha um grupo de crianças gargalhando e apostando corrida. No caminho elas quase atropelaram uma jovem de agasalho esportivo, que carregava um filhote de cachorro debaixo do braço. Quando Pepe começou a insinuar interesse na minha vida sexual com Camila ("você sabe, às vezes a intimidade revela certas tendências...") achei que era hora de dar um ponto final àquela brincadeira.

— Chega — eu disse, me levantando. — Você pediu quinze minutos.

Quando me aproximei, Pepe agarrou minha camiseta e pediu um minuto, "um só", para fazer a última vistoria no armário. Ainda estava agachado, o que deu a seu gesto um ar pueril: era como um garotinho que implora ao pai por mais algumas voltas no carrossel. Soltei um suspiro impaciente e disse que o esperaria no corredor.

Estava sentado na escada quando ouvi o grito. Primeiro imaginei que fosse uma bobagem, talvez uma lasca de madeira que espetara seu dedo, mas então tive um calafrio, uma intuição esquisita — e corri de volta ao quarto. Entrei com a sensação de que o veria, tal como Fili, erguendo aos céus uma peça de dominó. Quase acertei: Pepe realmente segurava um objeto, e seu rosto tinha o mesmo brilho que o sócio exibira na véspera. Exclamou:

— Não te falei?

Arranquei o objeto de sua mão — era uma fita de vídeo — e andei até a janela, onde havia mais luz. Na lateral da fita, uma etiqueta trazia uma inscrição a caneta: HAV-17-B. Eu conhecia a caligrafia. Conhecia as curvas infantis, a letra inchada e ansiosa. O que eu tinha em mãos era uma das dezenas de gravações realizadas por Camila em Havana, provavelmente mais um conjunto incompreensível de fragmentos cujo objetivo era traduzir em imagens o intrincado manancial teórico que ela vinha acumulando desde o dia em que entrou na universidade e pensou ter encontrado um sentido para a própria vida. Pepe fisgara a fita de trás do gaveteiro do armário, onde devia estar alojada há algumas semanas, e agora eu passava os olhos por aquele pequeno retângulo de plástico e, embora soubesse que seu conteúdo não traria nenhuma revelação adicional sobre Camila, experimentava uma sensação inversa à de quando me dei conta de seu desaparecimento: no lugar do vazio, alvoroço; no lugar da indiferença, perplexidade. Era mais forte do que eu. Minha cabeça rodava, uma agitação irresistível tomava conta dos meus pensamentos — e num instante compreendi que o estrago estava feito, que não havia mais como voltar atrás.

Alguma vez falei em estar perto do fim? Falei em romper com o passado, em me ver livre de tudo? Pois bem: quando vi, estava há três horas resfolegando atrás de Pepe, percorrendo a cidade em busca de alguém capaz de nos exibir o conteúdo daquela fita. Não falei com Carmen, não devolvi as chaves, não topei com Yusimí, não fiz nada. De uma hora para outra, toda minha energia se voltou para a ideia de assistir ao vídeo, numa escalada de ansiedade que atingia picos a cada vez que entrávamos em algum lugar — uma loja de discos, um restaurante, uma casa de família, até mesmo uma velha barbearia, cujo dono também vivia de consertar eletrodomésticos — e, diante do olhar desalentado do suposto especialista, ouvíamos que seria preciso um adaptador especial ou uma câmera similar à de Camila para ter acesso ao material. Pepe insistia, aparentemente tão ansioso quanto eu, mas a negativa se repetia — e nós agradecíamos pela ajuda e saíamos novamente para a rua, recarregando as esperanças de que alguém pudesse nos oferecer uma solução.

O problema foi resolvido por mim. Já tinha anoitecido, e caminhávamos meio desanimados pela rua Agramonte, a alguns metros do monumento a Máximo Gómez. Minutos antes Pepe havia sugerido deixarmos a busca para o dia seguinte, e eu estava prestes a sucumbir quando ouvi um som de motor vindo de uma rua lateral e, ao perceber uma fileira de vans estacionadas diante do hotel Sevilla, tive a ideia. Pedi para Pepe esperar e corri até o hall de entrada, onde um grupo de turistas via as bagagens sendo levadas por funcionários até a calçada. Alguns aproveitavam para tirar as últimas fotos, outros trocavam endereços ou despediam-se de quem ficava. Não precisei de muito tempo para descobrir alguém com uma câmera similar à de Camila. Era uma senhora francesa, de cabelos curtos e grisalhos, cujo rosto alaranjado parecia ter sido imerso num tonel de hidratante. Reconheci a câmera pela sacola de nylon, em cuja lateral se destacava o logotipo do fabricante. Me aproximei. Em inglês, expliquei à senhora que era brasileiro, que meu equipamento havia sido furtado naquela tarde e que, tendo acabado de chegar à ilha, agora me via na perspectiva de passar as próximas três semanas sem ter como eternizar em imagens aquele pedaço do paraíso. Enquanto falava, notei que a francesa ia apertando a sacola contra o corpo, como se temesse que eu a arrancasse de suas mãos. Ela fez perguntas desconfiadas. Disse que a câmera era de seu filho, que tinha valor sentimental. Só consegui vencê-la quando tirei do bolso o maço de notas destinado ao aluguel de dona Carmen. Ela ainda rosnou uma reclamação, mas eu disse que estava disposto a pagar acima do valor de mercado — e enfiei o bolo de notas dentro de sua mão.

 De posse da câmera, segui com Pepe para o hotel, onde precisei de algum esforço para convencer a recepcionista a permitir que meu "amigo espanhol" subisse ao quarto. Depois de alguma dificuldade com a instalação dos fios, assistimos na televisão à famigerada fita. Uma vez. Duas. Quando terminamos a terceira, Pepe esfregou as mãos e disse que já tinha material suficiente para dar início aos trabalhos — e então se levantou, anunciou que passaria para me pegar às nove e saiu. Não me movi. Continuei sentado na beira da cama, imóvel, os olhos colados na televisão, os polegares pressionando REW e PLAY obsessivamente, feito os dedos de um chimpanzé bem treinado. Não sentia mais cansaço. Comi uma barra de cereal, bebi duas garrafas de água e atravessei a noite revendo a fita, hipnotizado por cada um de seus cinquenta e três minutos, sem conseguir pensar em mais nada nem sentir o tempo passar. O vídeo começa com uma imagem tremida e indefinível, como se a câmera estivesse rolando pelo chão. Ao fundo ouve-se um ronco. Também há palavras, um resquício de conversa, e então percebe-se que Camila ligou a câmera ainda dentro da sacola, e que agora a ajeita na mão. Descobre-se que o barulho é de um motor, que Camila registra uma viagem de *coco-táxi* através do Malecón. É um dia de sol, ao fundo o mar brilha intensamente e a imagem oscila entre as pessoas que caminham pelo calçadão e o motorista, que responde às perguntas feitas por Camila. O som do vento mistura-se ao do motor do veículo, tornando impossível entender o que eles dizem. Sobram apenas palavras esparsas, audíveis quando o motorista é obrigado a parar num semáforo: *turismo, hijita, enero, oriente*. Camila ri de alguma coisa. O motorista vira-se para fazer um comentário qualquer, mas nesse momento a imagem é cortada — e passamos a uma longa panorâmica da avenida del Prado, filmada a partir da escadaria do Capitólio. É um dia comum de trabalho, e pedestres caminham de um lado para outro. Às vezes a câmera focaliza alguém: um vendedor, um grupo de turistas, alguns moleques fazendo manobras de patins. Ficamos acompanhando os patinadores, seus pulos e acrobacias, até que um guardinha aparece e ordena que se dispersem. Seguem-se então uma infinidade de imagens entrecortadas, breves entrevistas, depoimentos pela metade, tudo coroado por uma das reflexões cinematográficas de Camila. Com a câmera imóvel, aparentemente apoiada no teto de um carro estacionado, vemos o movimento de uma rua do centro de Havana. Pessoas passam, riem, conversam, algumas olham para a câmera, e enquanto isso ouvimos, pela voz de Camila, o que parece ser a leitura de um ensaio teórico sobre a atividade documental. A realidade é impenetrável, ela diz. Todo documentário é o registro de uma verdade perdida, de algo que estava diante de nós mas desapareceu no momento da filmagem. A derrota é inevitável, em suma, e não nos resta outra alternativa senão *incorporar* o fracasso, utilizando-o como ferramenta de prospecção e descoberta.

Como esperado, o vídeo não trazia nenhuma pista ou informação surpreendente. Ainda assim, aquelas imagens me atingiram com uma força brutal. Eu passara os últimos dias flutuando entre lembranças esparsas e sentimentos contraditórios — Camila equivalia a um sonho ruim, que eu tentava deixar para trás. Agora não. Ela estava ali. Eu podia ver seus gestos, reconhecer seu tom de voz. Podia ouvir sua gargalhada. Podia presenciar seu desembaraço, sua impressionante capacidade de angariar simpatias. Podia testemunhar, nos olhos dos entrevistados, no jeito que eles encaravam a câmera e respondiam às perguntas, a mesma fascinação que eu já havia experimentado, a mesma curiosidade hipnótica que aquele pequeno ser era capaz de despertar, como se toda fúria e beleza do mundo tivessem sido condensadas num único exemplar da nossa espécie.

Mas isso não era tudo. Muito do impacto que senti foi despertado por um pequeno trecho da filmagem, uma cena banal de cerca de três minutos de duração. Acontece mais ou menos no meio da fita, logo depois do desabafo feito por uma senhora a quem Camila entregou a câmera e pediu que filmasse o que lhe desse na cabeça. A senhora está lá, percorrendo a própria casa, queixando-se da vida, falando de um parente que lutou em Sierra Maestra e de quem ela herdou uma caneca de metal, pedindo que o neto pare de pular na frente da câmera, mostrando o puxadinho que seu genro construiu nos fundos e que agora ameaça ruir e tombar sobre a rua. Isso se estende longamente, até que a senhora interrompe o tour doméstico e, entrando na cozinha, se apoia no fogão e mostra a vista da janela. É nesse instante que a filmagem se interrompe — e eu apareço.

Eu. Seminu. Estendido no colchão raquítico do quarto da rua Neptuno. Estou dormindo pesado, e pela luz tênue percebe-se que faz pouco tempo que amanheceu. A imagem abarca a cama, o ventilador, uma cadeira encostada na parede onde repousam uma camiseta amassada e uma pequena mochila. Ao fundo, a porta entreaberta do banheiro revela um pedaço da pia e a cortina encardida do chuveiro. Depois de alguns segundos de imobilidade, a câmera abandona sua posição original e começa a avançar na minha direção. Quando está bem próxima eu solto um resmungo e me movo, o que a obriga a se afastar e recomeçar de outro ângulo. Registra as solas imundas dos meus pés, vai mostrando as pernas, a cueca, se atém um instante às bolhas de suor que brotam do meu peito. Chega ao meu rosto, que está virado para cima e exibe uma expressão serena. Impassível, a câmera mantém-se fixa sobre mim. Meu rosto domina a tela, mas é o olhar de Camila que se destaca, sua contemplação paciente, sua tentativa de armazenar cada detalhe das minhas feições. Eu me mexo pouco. É possível perceber a dilatação das narinas, alguns espasmos musculares, a vibração ocasional das pálpebras — e só. Durante dois intermináveis minutos, Camila se dedica à tarefa de registrar meu sono, como se me descobrisse, como se não existisse ocupação mais nobre que a de me observar.

A fita caminhou até o final, e ao longo das próximas horas continuei a revê-la com o mesmo espanto, cena a cena, minuto a minuto — mas o pequeno trecho filmado dentro do quarto não saiu mais da minha cabeça. Aos poucos, foi se formando dentro de mim uma convicção nova. Os desejos, as frustrações, as estratégias, as ilusões de controle, tudo o que eu sentira ou concebera ao longo das últimas semanas parecia agora reduzir-se a seu estado bruto, concentrando-se num impulso primitivo, apontando numa única direção: Camila não me abandonara. Não havia a menor possibilidade de que alguém capaz de fazer um vídeo como aquele, de dedicar-se com tanta paixão a um ato ao mesmo tempo tão elementar e poderoso, pudesse simplesmente acordar uma manhã, arrumar as malas e pular fora da minha vida. Eu ainda não sabia explicar o que lhe acontecera, mas isso não importava. Minha única certeza era essa: Camila precisava de mim, e eu não teria sossego enquanto não colocasse minhas mãos novamente sobre ela.

Já passava das seis quando decidi parar de assistir à fita. Sentia-me curiosamente bem-disposto, como se uma descarga elétrica insistisse em atravessar meu corpo. Tomei uma ducha gelada e, com a toalha amarrada na cintura, parei diante do espelho do banheiro. Fiquei observando a figura ensopada que se destacava no reflexo. Estava queimado apenas no pescoço, no rosto e nos braços, o que desenhava em meu dorso os contornos desbotados de uma camiseta. Em outra ocasião, a imagem teria me parecido ridícula. Agora não. O tempo da autocomiseração chegara ao fim. Eu estava sendo chamado à ação, e mal podia esperar para entrar em cena.

Pepe mostrou surpresa ao me encontrar na recepção. Eu não suportara ficar no quarto, e às oito horas já estava à sua espera no sofá do hall de entrada. Trocamos um cumprimento rápido e caminhamos até a esquina, onde uma lanchonete servia pão com margarina e suco industrializado.

Pepe vestia uma camisa de manga comprida, e duas grandes rodelas de suor tinham se formado debaixo de seus braços. Também dera um jeito de pentear o pouco de cabelo que lhe restava, além de ter se enchido de um perfume adocicado. Depois de um bate-papo inicial, ele passou a apresentar seu plano. Disse que faria relatos periódicos sobre os avanços nas investigações. Que eu não precisava me preocupar com o material de trabalho: seu estilo era o tradicional, menos afeito às seduções tecnológicas que às técnicas clássicas de dissimulação e infiltração. Para ele, parecia evidente que Camila havia sido levada por "forças ocultas" interessadas nas imagens que ela vinha registrando, ou pelo menos em descobrir suas intenções ao filmá-las. Perguntei se, considerando a hipótese de sequestro, não seria o caso de ir à polícia. Ele arregalou os olhos, agarrou minha mão, me pediu para falar baixo — e então murmurou que não, que eu tinha ficado maluco, que aquilo seria como querer apagar um incêndio com gasolina.

— Você não está num filme ianque — explicou Pepe. — Não existem mocinhos e bandidos. Existem grupos, subgrupos, dissidências. Ações paralelas. Interesses conflitantes. Você nunca sabe direito onde se trava a batalha. Sabe apenas que ela está aí, e que não pode relaxar nunca. É uma realidade complexa demais pra ser explicada com os instrumentos disponíveis. É preciso desenvolver métodos próprios, entende?

Sei lá se eu entendia. Pepe falava com avidez, quase sem respirar. Parecia estar sempre correndo atrás de uma ideia perdida, como se seu pensamento avançasse mais rápido que sua capacidade de verbalizá-lo. Mas isso não importava. As coisas tinham mudado. Ele não era mais o baixinho amalucado que eu conhecera há alguns dias; era, ao contrário, uma espécie de tábua de salvação, alguém de quem eu dependia e em quem precisava me apoiar. Sob o bigode, notei que Pepe tinha um dente lascado, e essa pequena falha dava a seu sorriso uma franqueza inesperada. Eu observava seus gestos afoitos, os olhos arregalados, ouvia as palavras saindo aos tropeços de dentro de sua boca. Sua convicção era comovente. Havia *verdade* naquela paixão, e isso, nas condições em que eu me encontrava, era mais do que suficiente.

A certa altura da conversa, Pepe começou a discorrer sobre o fato de a história cubana ser pródiga não apenas em desaparecimentos como o de Camila, mas também em mortes de fachada, arranjadas para que certos cidadãos sumissem estrategicamente da vida pública. Fiquei curioso em saber até onde aquilo iria, e perguntei se um desses "cidadãos" seria Che Guevara. Pepe me olhou como se eu tivesse mudado de cor.

— Claro que não! — ele exclamou. — Guevara morreu na Bolívia, qualquer imbecil sabe disso! — E então, baixando a voz, voltando ao tom de quem compartilha um segredo: — Eu estava me referindo a outras pessoas. Cienfuegos, por exemplo. Quem esses idiotas pensavam que estavam enganando? — E assim escutei uma longa teoria segundo a qual o avião que caiu no mar em 1959 serviu apenas para simular a morte do guerrilheiro. Não houve acidente, muito menos assassinato. Segundo Pepe, o falso defunto vivia há décadas nos subterrâneos de Havana, recebendo injeções rejuvenescedoras à base de células de carneiro. Raúl era só um fantoche: quando Fidel morresse, quem assumiria o controle do país seria ninguém menos que Camilo Cienfuegos, renascido das cinzas, octogenário mas com a saúde de um cinquentão.

Ele tinha dezenas de outras teorias. Para Pepe, todos os grandes acontecimentos da história estavam conectados, de tal maneira que não havia gesto inocente, que tudo era intencional e representava interesses escusos e perigos potenciais. Perguntei sobre Pablo e Vladimir, se eles poderiam ter alguma participação no caso. Não seria bom ir à universidade atrás de informações sobre os dois? Pepe balançou a cabeça. Disse que eu precisava ter calma, que numa investigação daquela natureza não se podia pecar pela precipitação.

— As boas pistas nunca estão onde você procura — proclamou, enquanto se levantava da mesa. — Você *tropeça* nelas — e com essa frase nossa reunião foi encerrada.

A primeira coisa a fazer era nos certificar de que Camila não tinha voltado ao Brasil. Era uma hipótese remota, que não fazia parte do espectro de possibilidades desenhado por Pepe, mas que precisava ser devidamente eliminada. Para isso, não havia outra maneira senão entrar em contato com os pais dela. Caminhamos até uma agência telefônica, onde depois de alguma espera conseguimos uma cabine. Tínhamos inventado uma justificativa qualquer para a ligação — Pepe era um amigo cubano, que soube que Camila estava no país e queria saber como encontrá-la —, e enquanto me contorcia para aproximar a orelha do fone fui sentindo um constrangimento inesperado.

A ideia de entrar em contato com os pais de Camila não era particularmente atraente para mim. Não que eu não gostasse deles. Pelo contrário. O pai, um renomado professor de arquitetura, sempre me tratou com respeito; a mãe, antropóloga com cargo de chefia num instituto governamental, em pouco tempo já me tratava como um segundo filho. Havia, no comportamento dos dois, uma espécie de culto à elegância, e era nos almoços de domingo que esse fenômeno se manifestava com mais força. Os sorrisos amenos, as expressões gentis, a música sofisticada saindo dos alto-falantes — tudo naquela família era equilibrado, tudo exalava civilidade e bom gosto. Eles eram viajados, lidos, vividos, analisados; mostravam interesse por qualquer coisa, mas ao mesmo tempo não pareciam capazes de se surpreender com nada. Eu me sentava em seu sofá confortável, bebia alguns goles de vinho, escutava uma história envolvendo um cozinheiro espanhol ou uma intelectual americana e aos poucos ia sendo dominado por uma onda de melancolia tão grande que, se alguém resolvesse perguntar o que eu tinha, era possível que eu desatasse a chorar.

Só Camila, com seu entusiasmo, era capaz de bagunçar o ambiente. Sua impulsividade era uma resposta à polidez dos pais, e cada grito que ela dava durante o almoço, cada explosão de euforia ou indignação que uma notícia lida no jornal lhe despertava, cada vez que seu espírito anárquico arranhava a superfície imaculada daquele lugar eu a desejava um pouco mais. Era comum que depois do almoço a gente se trancasse na sala de TV e trepasse furiosamente — e nesses momentos ficava ainda mais evidente que eu nunca havia amado ninguém assim, que aquela pequena criatura debaixo de mim representava o máximo a que minhas ambições poderiam almejar.

Atendeu a empregada. Com um portunhol desajeitado, Pepe descobriu o óbvio: que Camila continuava em Cuba, não se sabia em que endereço, e que não telefonava havia pelo menos vinte dias. Seus pais não estavam, tinham viajado para a casa de praia e só voltariam no fim do mês. Pepe simulou preocupação, perguntou se era comum Camila ficar tanto tempo sem dar notícias, mas a empregada explicou que "a menina" era assim, que a família estava acostumada — estranho, disse entre risos, seria ela ficar telefonando toda semana.

Pronto. Estávamos autorizados, a partir daquele momento, a dar início à nossa empreitada. Pepe desligou o telefone, e enquanto saíamos dali eu me vi soltando um suspiro, aliviado e ansioso ao mesmo tempo. Quis dizer alguma coisa, mas Pepe olhou no relógio, apertou minha mão, garantiu que em breve traria notícias e se foi, seus passinhos aflitos carregando-o para longe.

Fiquei parado na porta da agência telefônica, olhando os pedestres que caminhavam de um lado para o outro. Eu não sabia o que fazer. A ideia de encontrar Camila em meio àquela multidão parecia tão improvável quanto uma tempestade de neve cair sobre o Malecón. É verdade que Pepe estava cuidando do assunto, e talvez eu devesse apenas relaxar e esperar por notícias — mas não. Era meu futuro que estava em jogo, meu e da mulher que eu amava, e eu não podia me deixar imobilizar.

Saí caminhando a esmo, cavando espaço entre as pessoas.

Imaginei que o mais importante nesse primeiro momento seria manter-me alerta. Entrei numa travessa acanhada, de calçadas estreitas e prédios descascados. Em algumas fachadas viam-se restos de logotipos, letreiros, painéis, vestígios de um tempo em que aquela região, hoje residencial, fervilhava de comércio e movimento. Era espantoso pensar que, ao longo de quase meio século, ninguém tivesse tido a ideia de se livrar daqueles dejetos. A paisagem de Havana, às vezes, parecia existir por si só, como se as pessoas não lhe pertencessem, como se os moradores fossem forasteiros invadindo uma cidade-fantasma. Tentei esticar o olho para dentro dos apartamentos, na esperança de que alguma atividade suspeita se materializasse diante de mim. Era inútil. Talvez devido ao calor, todas as portas e janelas mantinham-se escancaradas, e isso, ao contrário do que se imagina, oferece certas dificuldades para quem deseja espionar a vida alheia. Nada parece muito suspeito quando feito às claras.

Eu não sabia do que desconfiar. Estava diante de um organismo vivo e complexo, cujas regras eu desconhecia. Tinha vontade de interpelar todo mundo, de perguntar a cada passante sobre o paradeiro de Camila. Mas quem disse que isso serviria para alguma coisa? Não seria melhor manter-me calado, à paisana, recolhendo informações? Eu tinha dificuldade em organizar os dados que meu cérebro armazenava, não sabia que valor dar a eles. Era frustrante, mas ainda assim eu me dizia que era preciso continuar, que não me restavam muitas opções a não ser contrariar meus instintos e, em vez de esconder a cabeça sob o travesseiro, seguir adiante. Eu sabia aonde queria chegar. Era uma questão de tempo, pensei, para as coisas começarem a fazer sentido, e foi com as esperanças renovadas que dei a jornada por encerrada e, de volta ao hotel, me presenteei com duas latas de fanta gelada e uma noite de descanso.

Passei dois dias sem notícias de Pepe. Na manhã do terceiro, ao atravessar o saguão rumo ao café, ouvi a recepcionista chamar meu nome. Com um ar de desprezo, ela me entregou um envelope timbrado do hotel, dentro do qual havia um pequeno volume, do tamanho de um pedregulho. Ao abrir, descobri que se tratava de um pedaço de papel, dobrado dezenas de vezes e envolto em fita isolante. Abri a fita com cuidado e desdobrei o papel, chegando então a uma mensagem, assinada por "P": "Malecón com Lealtad. Sente-se na amurada".

Olhei o verso do papel, à procura de alguma orientação adicional. Pelo jeito os bilhetes de Camila tinham oferecido a meu investigador algumas lições de laconismo. Tomei café e me pus a caminho. No percurso passei por ruas com nomes como Perseverancia, Amistad, Concordia, Virtudes. Ainda não tinha reparado que elas formavam uma espécie de conjunto semântico, um distrito repleto de boas intenções.

O Malecón estava quase vazio. Apenas alguns estrangeiros se aventuravam a caminhadas debaixo daquele sol, e mesmo assim o faziam aos galopes, apressando-se para eliminar aquele capítulo desagradável de suas obrigações turísticas. Sentei-me na amurada, como Pepe havia sugerido, e fiquei olhando para a rua. Minha camiseta se empapou de suor. Tive um acesso de impaciência, só interrompido quando uma série de assobios surgiu atrás de mim. Virei o pescoço. O sol me acertou a cara, e precisei de alguns segundos para conseguir discernir um pequeno grupo de moleques que brincava no mar, atirando-se com piruetas de cima das pedras. Mais para a direita, poucos metros abaixo de onde eu estava, um deles segurava uma imensa boia preta, dessas feitas com câmara de pneu de caminhão. Ele acenava na minha direção e apontava para a água — e então vi, cerca de dez metros para dentro do mar, duas perninhas cabeludas brotando de uma boia idêntica à que ele segurava. A boia girou em torno de seu eixo, revelando também um par de braços, um cigarro aceso, uma cabeça arredondada e reluzente.

O moleque garantiu que cuidaria dos meus pertences. Passei uns segundos tentando avaliar os riscos da operação, mas afinal tirei os tênis e guardei na mochila, que foi depositada atrás de uma pedra. O moleque segurou a boia para eu montar. Só minhas nádegas encostavam na água, tão morna que parecia ter sido aquecida artificialmente. Saí remando, primeiro com uma mão de cada vez, depois as duas ao mesmo tempo. Eu ainda não dominava o manejo da embarcação, e acabei me chocando com Pepe.

— Cuidado — ele riu, enquanto se ajeitava sobre a boia. — Um impulso mais forte e você acaba em Miami.

Em nenhum momento recebi explicações para o encontro acontecer naquelas circunstâncias. Imaginei que Pepe fosse falar em confidencialidade, em prudência, mas não: era como se estivéssemos sentados num escritório, num café, em qualquer lugar onde colegas de trabalho reúnem-se para deliberações profissionais. Refestelado em sua boia, como se flutuasse numa piscina particular, Pepe deu um trago longo no cigarro e, para minha surpresa, foi direto ao assunto.

— Quero te mostrar uma coisa — disse, enquanto abria o botão da calça e enfiava a mão lá dentro. — Andei consultando um colaborador. Cara de confiança, pode ficar tranquilo. Já trabalhou pra mim outras vezes. Olha só.

Com dificuldade, Pepe tirou da calça um objeto envolto em plástico. Era uma pequena caderneta, cuja capa de papelão trazia a ilustração de um crocodilo. Dentro dela havia o que parecia uma série de equações matemáticas, enfileiradas ao longo de uma dezena de páginas. Folheei o material à procura de algo compreensível. Olhei para Pepe, incrédulo.

— Não é difícil entender — disse ele, dando início a uma explicação confusa, cheia de jargões, expressões idiomáticas, suspiros e interjeições. Por motivos de segurança, chamaríamos seu colaborador pelo codinome de Alarcón. Pelo que pude entender, tratava-se de um doutor em matemática, um gênio dos números que havia passado boa parte da vida adulta trabalhando em Moscou, em serviços vinculados ao programa nuclear soviético. Ao voltar para Cuba, em meados dos anos 80, foi alocado no Ministério da Defesa, onde virou consultor para assuntos estratégicos. Acabou dispensado em circunstâncias um pouco obscuras, e durante algum tempo retirou-se da vida profissional. Nos últimos anos, vinha se dedicando a dar aulas de reforço para alunos do segundo grau e, nas horas vagas, desenvolver aplicações para a teoria dos jogos, uma de suas paixões. Com base em algoritmos, aliados a alguns cálculos de probabilidade, Alarcón era capaz de mapear estratégias, elucidar comportamentos, traçar tendências e estatísticas. Mais recentemente, incentivado por Pepe, ele vinha tentando aplicar a teoria para fins investigativos, além de arriscar algumas previsões de cunho geopolítico. Seus conhecimentos já o haviam levado a antecipar eventos como a crise mexicana de 1994 e os ataques do Onze de Setembro.

— Passei os dados pra ele — continuou Pepe. — Todos os detalhes. A sua história, as medidas do apartamento, as datas das ocorrências, os bilhetes de Camila. Ele anotou, cruzou os dados, começou a reduzir as variantes. Chegou nisso.

— Mas e daí? — perguntei, os olhos grudados na caderneta. — O que quer dizer esse monte de números?

— Esse é o princípio. A linha básica. A coisa vai sendo completada com os dados da investigação. A ideia é encontrar um comportamento padrão para cada um dos envolvidos, um modelo de escolhas, de ações e reações. Não costuma falhar. Já conseguimos chegar a algumas conclusões. O vídeo, por exemplo.

— O que tem ele?

— É lixo. Pode jogar fora.

— Mas como? Foi ele que começou tudo isso. E a fita está comigo, seu amigo nem...

— O Alarcón já sabe do que se trata — interrompeu Pepe. — Parece que o vídeo está fora da curva estatística, do arco exponencial, uma coisa assim. Não sei explicar direito. Mas não serve. Se você me permite uma interpretação pessoal, acho que alguém colocou essa fita atrás do gaveteiro. Foi uma manobra diversionista. Um desvio, pra nos atirar na direção errada da investigação.

Eu não sabia o que pensar. Como sempre, Pepe derramava um caminhão de informações sobre mim, embaralhando meu raciocínio. Eu nunca havia imaginado que um detetive pudesse basear seu trabalho em operações matemáticas, mas agora essa não me parecia uma ideia completamente fora de propósito. Era até reconfortante saber que havia outra pessoa do nosso lado, alguém que lidava com dados objetivos, que não se deixaria levar por impressões enganosas e oscilações de opinião. A única coisa que não entrava na minha cabeça era que o vídeo de Camila pudesse perder repentinamente a validade. Tentei argumentar nesse sentido, dizer o quanto aquelas imagens haviam sido importantes para mim. Eu estava confuso, não conseguia me expressar direito, acabei soltando um monte de palavras desencontradas. Pepe fechou os olhos e respirou fundo, como se juntasse paciência para explicar uma verdade elementar a uma alma ignorante.

— Ei, *compay* — ele disse, enquanto arrancava o caderninho da minha mão e o embalava no saco plástico. — Você tem alguma dúvida? Nós *vamos* encontrar sua Camila — e, por mais estranho que possa parecer, a convicção presente naquele "vamos" foi suficiente para me tranquilizar.

Passei a ver Pepe a cada dois ou três dias, agora em lugares um pouco menos heterodoxos que o mar do Caribe. O Castillo del Morro, por exemplo. Ou a catedral de Havana. Nesse último caso, o encontro aconteceu durante uma missa. Eu entrei, olhei em volta, achei Pepe sentado numa das últimas fileiras. Acomodei-me a seu lado, mas antes que pudéssemos dizer qualquer coisa o padre iniciou o sermão e, para minha surpresa, Pepe pôs-se de joelhos e começou a rezar. Ficou assim durante quase meia hora. O sermão acabou, as pessoas começaram a se levantar, mas Pepe não se movia. Toquei de leve em seu ombro. Ele deu um pulo assustado, e então percebi que havia caído no sono.

Só na fila da comunhão conseguimos conversar. Pepe estava de mau humor. Queixou-se de Fili, disse que a situação entre os dois tinha ficado insustentável. Mostrou uma mancha escura no antebraço, supostamente causada por uma briga com o sócio. Estava disposto a romper a parceria e vender o bar, o que ainda não tinha feito porque a busca por Camila estava tomando todo o seu tempo.

— O Fili é louco — completou, enquanto massageava o braço machucado. — Ele é capaz de coisas terríveis.

Perguntei sobre a investigação. Seguiram-se as generalidades de costume: informações recolhidas, diligências em andamento, descobertas promissoras e sigilosas que, quando fosse a hora, seriam reveladas a mim. Novos elogios a Alarcón, a sua capacidade de interpretar informações, de escavar o significado oculto dos fatos. Ao final, como quem não quer nada, Pepe perguntou se eu não podia lhe dar um novo adiantamento. Eu disse que não era aquilo que a gente tinha combinado. Ele choramingou, explicou que Fili tinha trocado a chave da registradora, que nem comer direito ele estava conseguindo. A fila andou, e agora estávamos na frente do padre, que nos encarava com curiosidade. Fiquei uns segundos sem reação, esperando algo acontecer. O constrangimento venceu — e acabei dando a Pepe o que ele queria.

Saí da igreja desapontado, mastigando uma hóstia sem gosto. Não era tanto pelo dinheiro; as ambições financeiras do meu "contratado" eram modestas demais para me incomodar. Parecia evidente, porém, que aquelas reuniões não estavam tendo muita utilidade. Era difícil lidar com a frustração de receber os chamados de Pepe e, depois de encher-me de esperanças, voltar para casa sem novidade nenhuma. Eu queria sentir que as investigações avançavam, que a busca por Camila estava fazendo algum tipo de progresso. Ao longo dos últimos dias, eu tinha intensificado minhas caminhadas pela cidade, e o que no início me parecera uma missão complexa e frustrante agora me trazia uma série de pequenas recompensas. Eu não sabia exatamente com que tipo de informação Alarcón trabalhava, mas me deixei levar por sua influência. Parava na esquina de uma avenida, por exemplo, e começava a reparar nas placas dos carros, na combinação de letras, nas pequenas coincidências numéricas. Descobria padrões. Calculava variantes. Uma vez, enquanto caminhava pelo Vedado, pensei ter visto Camila atravessando a rua 6, bem na altura da rua C. Não era ela, mas achei curioso que a visão tivesse me ocorrido justamente naquele cruzamento, que reunia a inicial e o número de letras de seu nome. Alguns dias depois, vi sair de um restaurante uma mulher que, embora não tivesse a menor semelhança com Camila, vestia roupas que pareciam com as suas. Short jeans, sandália de couro, regata listrada — havia alguma coisa de familiar naquele conjunto, e me lembrando das palavras de Pepe (algo a ver com sincronismo, uma história complicada envolvendo "vasos comunicantes" e "conexões transversais"), resolvi ir atrás dela. Bastaram alguns minutos, porém, para a curiosidade começar a dar lugar à irritação: vestida nos trajes de Camila, aquela mulher parecia uma falsificação malfeita, uma caricatura infeliz. Apressei o passo. Estava prestes a cutucar seu ombro quando ela dobrou uma esquina e, enfiando-se num mercadinho de frutas, desapareceu. Dei a volta no lugar, cheguei as ruas do entorno. A certa altura vislumbrei, com o canto dos olhos, uma regata listrada passando ao meu lado, mas era um homem gordo que a vestia. Vi o short jeans numa menina, as sandálias em outra — era como se a mulher tivesse se partido em vários pedaços. Resolvi dar a missão por encerrada. Na dúvida, sentei no meio-fio e tomei nota do que tinha me acontecido. Marquei o horário, incluí detalhes circunstanciais — casa vermelha, rua vazia, um senhor de chapéu panamá me espiando de uma sacada — e prometi a mim mesmo passar as informações para Pepe assim que o encontrasse.

Revi Pepe cerca de uma semana depois do encontro na catedral. Eu havia passado a manhã caminhando, e no meio da tarde me sentei na escadaria do Capitólio para tomar uma água e descansar. Há sempre movimento por ali, e eu me distraía olhando os passantes, os vendedores de doces, os calhambeques apressados buzinando um para o outro. A certa altura chegou um grupo de patinadores, que se divertiam fazendo pequenos saltos e piruetas diante da escadaria. Na mesma hora me veio à mente uma cena igualzinha, filmada por Camila e presente em sua fita. Subi alguns degraus, procurei o ângulo aproximado de onde as imagens tinham sido feitas. Não era nada de mais, mas a ideia de estar testemunhando o mesmo espetáculo que ela me proporcionou um bem-estar inesperado. Fechei os olhos. Por um momento pude sentir seu corpo ao meu lado, a câmera nas mãos, o sorriso embasbacado que Camila abria quando colocava o olho no visor, como se aquela pequena máquina fosse capaz de consertar o mundo, eliminando sua banalidade e mesquinhez.

Fiquei contando os minutos para o guardinha aparecer e, tal como na fita, espantar os patinadores da frente do Capitólio. Se a vida copiasse o vídeo, bastaria esse gesto para que eu fosse transportado para os fundos de uma quitanda, onde um homem dissertaria sobre o mercado de tubérculos cubano, a imagem oscilando entre seu rosto vincado e uma caixa de cenouras. Dali, num corte seco, eu pularia para uma discussão de rua, entre um sorveteiro e uma consumidora indignada, e depois para um treino de boxe, e então para uma breve entrevista com um barbeiro falastrão e cego de um olho. Seguiria para a frente de um prédio, para o saco plástico preso a uma corda pendendo de uma das sacadas, para o menino sem camisa colocando uma garrafa de leite dentro do saco e assistindo à corda sendo içada por uma mulher no terceiro andar. Passaria por uma casa lilás, por um jardim de samambaias, por uma senhora varrendo a calçada com um bebê no colo, por um grupo de crianças aprendendo a tocar clarinete, por uma mulher falando de um parente que lutou em Sierra Maestra e de quem ela herdou uma caneca de metal...

Mas não houve corte nenhum. O guardinha apareceu, os patinadores se dispersaram e me vi sozinho naquela escadaria interminável, encolhido numa faixa de sombra, tentando decidir o que fazer do resto da minha tarde. Então olhei novamente para a rua e avistei a figura inconfundível de Pepe.

Ele estava descendo de um carro. Despediu-se do motorista, de quem parecia ser amigo, e embrenhou pelas ruelas de Habana Vieja. Resolvi segui-lo. Eu tinha curiosidade em conhecer os métodos de Pepe, saber como trabalhava, a quem vigiava, com quem se encontrava — quem sabe não acabava descobrindo algum dos "dados sigilosos" que ele teimava em não me revelar? Para minha decepção, no entanto, Pepe não parecia empenhado numa investigação criminal. Com as mãos pousadas nas costas, ele caminhava lentamente, admirando as vitrines, parando aqui e ali para observar a paisagem, os prédios, o movimento da rua. Entrou numa livraria, onde ficou alguns minutos folheando uma revista. Saiu sem comprar nada e voltou a vagar. Estacou, passou alguns segundos amarrando o cadarço. Alguns quarteirões à frente apoiou-se num poste, como se a breve caminhada tivesse esgotado suas forças. Acabou num pequeno restaurante, onde sentou-se numa mesa perto da porta e, após uma conversa afetuosa com o garçom, recebeu uma reluzente taça de daiquiri.

Me aproximei de sua mesa. Ele estava dando um gole na bebida, e demorou alguns segundos até ver quem eu era. Seus lábios tremeram, uma expressão de pavor nasceu em seu rosto.

— Tá louco? — sussurrou, enquanto agarrava meu braço e me puxava para baixo. — Quer estragar tudo?

— Tudo o quê? — perguntei. Eu tentava me levantar, mas ele impedia.

— Nosso homem, *carajo*!

Com um meneio de queixo, Pepe indicou um sujeito sentado de costas para nós, de camisa folgada e chapéu de palha. Me pareceu óbvio que era mentira: surpreendido numa tarde de folga, Pepe quis fingir que trabalhava, e apontou para a primeira pessoa que tinha visto. Pensei em protestar, mas ele levou o indicador aos lábios, enfiou a outra mão no bolso e, com certa solenidade, me passou a pequena caderneta onde Alarcón fazia seus cálculos.

A caderneta parecia ter envelhecido cem anos. Estava puída, remendada, tinha marcas de terra, manchas de café. Seu conteúdo havia quintuplicado. Não havia uma página que não estivesse coberta de tabelas, vetores, cruzamentos e incógnitas. Em alguns lugares havia um número grifado. Em outros aparecia uma inicial ou um conjunto de consoantes. Eu não era capaz de interpretar nenhuma linha do que lia, mas era inegável que havia um trabalho naquelas páginas, que aquele era o resultado de um esforço de reflexão e pesquisa. Olhei para Pepe, que exibia um sorriso orgulhoso. Ele fez mais um gesto na direção do homem de chapéu. Estava ali, dizia seu olhar, a conclusão para a qual nossos cálculos haviam convergido, o incontestável desfecho de semanas de trabalho árduo, de compilação de dados e combinações matemáticas. Olhei mais atentamente para o sujeito. Sua cerveja tinha acabado, e quando ele se virou para chamar o garçom pude enfim ver sua cara.

Era o Professor.

Minha primeira reação foi de decepção. Talvez eu estivesse esperando uma revelação surpreendente, um nome novo e inusitado. Instantes depois, porém, vendo o olhar ardente de Pepe, sentindo a força com que sua mão apertava meu antebraço, espiando mais uma vez a caderneta recheada de informações, comecei a pensar que sim, que fazia sentido, que ele tinha toda a razão. Não eram apenas as lembranças que o Professor me despertava, a imagem dilacerante de Camila sentada no sofá, sorrindo, cercada por seus coleguinhas, entregue às coisas que a rodeavam com uma paixão que há séculos não era dirigida a mim. Havia algo naquele velho que me causava arrepios. Era ele, só podia ser ele, e por um momento tive vontade de voar sobre seu pescoço e acabar ali mesmo com aquela palhaçada.

Pepe deixou algumas moedas sobre a mesa e me puxou para fora. Seus olhos brilhavam. Disse que era muito bom que eu estivesse ali. Que parecia telepático: ele vinha monitorando o suspeito há alguns dias, mas só hoje tivera as evidências que faltavam para determinar sua participação no caso — e não é que foi justamente nessa hora que eu resolvi aparecer?

O Professor saiu do restaurante. Nos encolhemos atrás de uma marquise e esperamos ele virar a esquina. Perguntei o que Pepe tinha em mente. Ele explicou que tinha se programado para agir no dia seguinte, mas que minha aparição era o sinal que faltava para ele adiantar seus planos. Pegou um pedaço de papel e começou a desenhar. Imaginei que fosse produzir um esquema intrincado, parecido com as equações da caderneta. Engano meu.

— Você fica aqui — disse ele, tocando a unha num X marcado sobre o que, em meio a uma barafunda de rabiscos infantis, me pareceu ser a esquina de uma rua. — Eu entro no apartamento e faço o serviço.

No caminho para o prédio do Professor, Pepe parou na banca de livros usados de um amigo e pediu que lhe emprestasse alguns. Perguntei qual era o plano. Ele explicou, falou em truques retóricos, hipnose, técnicas de persuasão — a verdade é que não consegui prestar muita atenção. Eu estava agitado demais. Queria encontrar aquele filho da puta e resolver a história de uma vez. De tudo o que Pepe falou, só entendi que devia ficar de guarda na frente do prédio e, caso ele demorasse mais do que trinta minutos, sair correndo em seu encalço.

A espera diante do prédio foi torturante. Ainda tentei fazer alguns exercícios de abstração, concentrar-me no movimento dos pedestres ou nas roupas dependuradas nas sacadas. Impossível. Aquele cenário marcou o início da minha hecatombe amorosa — como fugir das lembranças que ele me evocava? Eu voltava a ouvir a chuva caindo, o barulho que meus pés encharcados faziam ao tocar o chão; via as costas de Vladimir e Pablo, os dois reunindo o que lhes restava de fôlego no esforço de manter o ritmo; via Camila, a cabecinha saltitante aparecendo e sumindo de vista, a voz rouca buzinando *"permiso"* a quem atravessava seu caminho. Quando cheguei, poucos segundos depois dos outros dois, ela já estava sob a marquise, torcendo o cabelo e rindo da nossa lentidão. Os dentes brilhantes. Os bicos dos peitos arrepiados sob a camiseta.

Olhei no relógio e constatei: fazia quarenta minutos que Pepe havia entrado. Aflito, abandonei meu posto de observação, atravessei a rua e me esgueirei prédio adentro. Parei a poucos metros da porta do apartamento. No caminho de subida, eu havia conseguido arrancar um pedaço de pau que estava pregado sobre uma velha caixa de luz, e agora o segurava com as duas mãos. Eu não lembrava de ter ouvido, no plano traçado por Pepe, alguma referência aos procedimentos a serem adotados naquela situação, e tinha que improvisar à minha maneira. Pensei ter escutado um gemido, talvez um grito de socorro. Senti um tremor repentino e, num impulso, dei um chute na porta, que para minha surpresa estava apenas encostada e se abriu facilmente. Pepe e o Professor estavam em pé no meio da sala, frente a frente, os punhos cerrados erguidos para o alto. Eles não perceberam logo a minha chegada, porque continuaram repetindo o que parecia ser um grito de guerra: "*El que le gane al Almendares se muere!*".

Dei um passo para o lado, esbarrando numa pequena caixa de madeira onde se equilibrava um abajur, que se espatifou no chão. Os dois olharam para mim.

— Mas se não é o nosso D'Artagnan! — exclamou o Professor, enquanto desembainhava uma espada imaginária. — *En garde!* Desta vez você não me escapa! — e começou a simular uma exibição de esgrima.

Fiquei paralisado, sem entender o que acontecia. Rindo, Pepe se aproximou e, colocando-se entre nós, pediu para o Professor interromper a performance. Ele fingiu guardar a espada na bainha e fez uma mesura exagerada. Pepe enlaçou seu pescoço com o braço direito e, com a mão esquerda, tocou meu ombro.

— Plano abortado — disse entre risos. — Esse *cabrón* aqui é tudo, menos um suspeito. Vocês já se conhecem, não? *Don Isidro*, te apresento a Renato Polidoro.

Com um sorriso flácido, o Professor me cumprimentou. A mão que estava pousada em meu ombro me conduziu ao sofá — o mesmo sofá asqueroso em que eu tinha visto Camila sorrir pela última vez — e então pude ouvir uma explicação para a cena que havia acabado de presenciar. O mundo era realmente pequeno. O Professor, agora devidamente identificado como Isidro González, tinha sido colega do pai de Pepe nos tempos de juvenil do Almendares, tradicional (e já extinto) time de beisebol do subúrbio de Havana. "Aquilo lançava como um filho da mãe", exclamou Isidro sobre o antigo colega, lamentando que ele tivesse abandonado o esporte para ingressar num dos grupos de oposição que, em meados dos anos 50, deram início à luta contra a ditadura de Fulgencio Batista.

— Revolucionários nunca faltaram por estas bandas — observou, com a entonação irônica que lhe era peculiar. — Já lançadores de talento... Esses são um tanto mais raros.

Fiquei ouvindo em silêncio. Ainda dei uma última olhada para Pepe, na esperança de que ele me atirasse uma piscadela tranquilizadora, algo que revelasse que estava tudo sob controle, que o velho tinha mordido a isca e agora era uma questão de tempo até que nosso objetivo fosse alcançado. Mas Pepe se limitava a balançar afirmativamente a cabeça e, com cara de bobo, ouvir Isidro proclamando que seu pai tinha "o porte de um monarca" ou que o maior pecado da Revolução havia sido a abolição da Liga Cubana em 1961. Ele parecia outra pessoa. Era como se tivesse mudado de lado, como se tivesse abandonado meu pelotão e se juntado às hostes inimigas.

Olhei em volta. Por um momento, me pareceu absurdo estar ali. O sofá encardido. Os quadros hediondos, repletos de Martís me encarando com uma expressão ambígua, como se achassem graça de minha insignificância. Eu já desconfiava que a investida contra o Professor tinha seus riscos, mas jamais poderia adivinhar que as coisas chegariam a esse ponto.

— Ah — disse Isidro, interrompendo meus pensamentos. — Sobre o seu probleminha. Pepe me contou sobre a... como é mesmo o nome dela? Sim, Camila. É o que eu estava explicando. Eu estou aposentado, mas ainda costumo ser convidado a dar palestras na universidade. Os jovens gostam de ouvir minhas asneiras, vá entender essa gente. Há alguns anos, por iniciativa de um grupo de alunos, criou-se esse costume de que aqueles mais interessados em estender a conversa venham até minha casa, onde podemos ficar um pouco mais à vontade, sem as formalidades da academia. Eu até gosto, acho que o contato com a juventude me ensina a envelhecer. Mas veja: são *eles* que vêm até mim. Eu não sei onde moram, o que fazem da vida. Essa sua menina já tinha aparecido aqui uma ou duas vezes, mas depois daquela tarde não voltou mais. Nem ela, nem os outros dois que a acompanhavam. Na verdade faz algum tempo que não aparece ninguém por aqui — completou, e aproveitando a deixa, fazendo uma careta de abandono e voltando-se para Pepe: — Me diga, meu velho... será que eu perdi meu *élan*?

E os dois voltaram a cair na risada, enchendo a sala de arfadas cúmplices e contorções dramáticas. Aquilo era demais. Eu me sentia assistindo ao *remake* malfeito de uma parte da minha vida: mesmo cenário, enredo similar, um ou outro personagem reaproveitado, atuações mais lamentáveis do que nunca. Me levantei de uma vez e, diante do olhar curioso de meus companheiros de cena, forcei um sorriso e disse que iria comprar cerveja. Isidro ofereceu o rum de seu primo, o mesmo que eu havia enxugado na versão original daquela farsa, mas eu disse que não, que o calor pedia uma bebida gelada — e me mandei dali. Já no hotel, avisei a recepcionista que não desejava ser incomodado. Se Pepe me procurasse, ela diria que eu não estava, e no caso de insistência sugeri chamar a polícia. Apagar o incêndio com gasolina — não era assim que ele tinha me ensinado?

Deitei na cama e tentei dormir. A imagem daqueles dois palermas estrebuchando no sofá custava a me abandonar. Eu conseguia imaginar Pepe se desculpando, dizendo que havia sido um erro, que Alarcón devia ter se precipitado na tabulação dos dados — mas era tarde demais. Depois de alguns minutos rolando de um lado para o outro, me ajoelhei na cama e comecei a esmurrar o travesseiro. Primeiro mentalizei a cara de Pepe, o olhar elétrico, a careca reluzente, o dente lascado que agora me parecia a marca definitiva do canalha; depois passei para Alarcón, que minha imaginação desenhava como sendo magro, grisalho, com olheiras profundas e nariz diminuto — se é que o sujeito de fato existia. Eu batia com força, de punhos fechados, xingando e transpirando. Passei algum tempo nisso, até que me deixei cair exausto na cama, fechei os olhos e apaguei.

Acordei no meio da noite, tremendo e batendo os dentes. Desliguei o ar-condicionado e voltei a deitar, mas minutos depois estava de pé, um calafrio insuportável atravessando meu corpo. Fui ao banheiro. Tinha o rosto amarelado, o globo ocular rajado de pequenas veias cor-de-rosa. Joguei água na cara. Meus braços doíam, o estômago pesava dentro de mim. Me ajoelhei diante da privada e vomitei. Bebi um pouco de água da torneira e cambaleei até a cama, onde voltei a cair no sono.

Eu ainda não havia sonhado em Havana. Quer dizer: tinha sonhado, mas eram sempre devaneios obscuros, cheios de frases e imagens entrecortadas, que evaporavam da minha mente assim que eu acordava. Naquela noite, enquanto eu roncava sobre o colchão de molas do quarto do hotel Inglaterra, pela primeira vez tive um sonho completo, que se entranhou de tal maneira em minha memória que até hoje me sinto acompanhado por ele — em outras circunstâncias, poderia pensar que o vivi.

Começa num supermercado. Estou percorrendo um longo e estreito corredor, formado por gôndolas azuis. Tenho pressa, embora não saiba direito por quê. É difícil seguir em frente: quanto mais tento correr, mais pesadas ficam minhas pernas. Percebo que estou fugindo. Minha aflição cresce, meu perseguidor se aproxima, sinto que estou prestes a sucumbir. No último segundo, quando não há mais nada a fazer senão preparar o grito final, eu me vejo numa sala acarpetada, com decoração elegante, poltronas confortáveis, um grande sofá de veludo vermelho. Sobre o sofá, presa na parede, há uma cama retrátil, onde alguém descansa. Um sujeito de terno cáqui e chapéu de feltro se ergue, senta na borda da cama, dá um pulo ágil até o chão. Ele tira o chapéu e me estende a mão. É Jake Gittes. O encontro não me causa surpresa: talvez eu já esperasse por isso, talvez estivesse justamente correndo atrás dele. Noto alguma diferença em seu visual, a costeleta um pouco mais comprida, o cabelo ligeiramente desgrenhado. É como se o Jack Nicholson de *Um estranho no ninho* tivesse reencarnado no protagonista de *Chinatown*. Eu tenho uma porção de coisas a lhe dizer, mas as palavras não saem, minha língua parece inchar dentro da boca. Gittes sorri, senta-se numa poltrona, pega algo numa banquetinha. Presumo que seja um cigarro, mas então vejo que não estamos mais na sala acarpetada, e sim no consultório do meu pai em São Paulo. Jake Gittes está sentado na cadeira de dentista, o refletor ilumina seu rosto, um sugador enganchado como um anzol no canto da boca. Eu coloco as luvas cirúrgicas e subitamente me sinto calmo e feliz. Quando me aproximo da cadeira, porém, Jake não está mais lá, mas atrás de mim, abrindo gavetas, mexendo nos equipamentos. Ele se vira na minha direção e, com uma broca nas mãos, pergunta se eu toco algum instrumento. A simples menção dessa palavra, "instrumento", parece dar início a uma fanfarra ensurdecedora, e é com desespero que me precipito até a porta e a tranco à chave. Tento pedir a Jake que se cale, mas não é ele quem produz o barulho. Corro até a janela. Não há ninguém lá fora, apenas um estacionamento vazio, sucedido por uma fileira de prédios cinzentos e, ao fundo, o mar. Minha paz foi embora, estou tão aflito e angustiado quanto antes, e ao me virar noto que o consultório — que agora não é apenas um consultório, mas também uma sala de jantar — está apinhado de cães vira-latas, que mexem em tudo, farejam os cantos, comem os restos de uma refeição que acabou de ser servida. A visão me assusta: os cães parecem pacíficos, mas eu temo que avancem sobre mim. Basta pensar nessa possibilidade para que eles se virem na minha direção e, arreganhando os dentes, comecem a rosnar. Me vejo obrigado a subir na mesa — mas agora os cães ocupam as cadeiras, e eu descubro que o jantar sou eu.

Acordei num pulo, ofegante e perdido. Esfreguei os olhos. Fui até o frigobar e peguei uma garrafa de água. Na tentativa de saber as horas, abri as cortinas e olhei pela janela — um gesto inútil, já que em Havana sempre parece ser meio-dia. Liguei para a recepção. A moça quis me passar alguns recados, mas eu disse que não os receberia. Ela insistiu, fazia tempo que tentavam interfonar, havia até um gerente sugerindo arrombar minha porta. Foi quando descobri: eram onze da manhã, e fazia quase dois dias que eu dormia.

Era evidente que eu havia sido vítima de algum tipo de infecção. O que poderia ter me feito tão mal? Água suja? Comida estragada? Não importava. Eu tinha acabado de sonhar pela primeira vez em Havana, e isso, pelo menos naquele momento, parecia estar acima de qualquer outra preocupação. Sentei na cama e tentei juntar as peças. Eu era racional demais para conseguir arriscar uma interpretação — sempre faltava algo, sempre havia um defeito lógico que atravancava meu raciocínio. Em vez de procurar algum significado nas imagens do sonho, eu me aferrava ao que *não estava* nele. Camila, por exemplo. Àquela altura, ela havia se transformado no objetivo final de cada um dos meus atos — como era possível, pensei, que pudesse se ausentar dos meus delírios febris?

De todos os elementos presentes no sonho, o único que parecia corresponder de alguma maneira às minhas expectativas era Jake Gittes. Sua lembrança me conectava a uma parcela tão fundamental da minha existência que, pensando bem, até que fazia sentido: sonhar com ele, de alguma maneira, *equivalia* a sonhar com Camila. Como eu podia ter passado tanto tempo sem lembrar dele? A última vez, se não me falhava a memória, tinha sido num bar da Augusta, a poucos dias da viagem a Cuba. Havíamos acabado de sair do cinema. Eu tinha achado o filme divertido, mas esse não era um parâmetro aceitável para Camila — para ela faltava densidade dramática, ousadia visual, sei lá. A conversa ia ficando nisso, mas aí Camila lembrou que Anjelica Huston, que fazia uma ponta no filme, era filha de John Huston, o Noah Cross de *Chinatown*. Foi o suficiente para que ressuscitássemos nossa velha obsessão. A certa altura, embalado por uma ou duas caipirinhas, me vi exclamando que o filme de Polanski não era sobre a crise de água em Los Angeles, nem sobre o assassinato de Hollis Mulwray, muito menos sobre as relações incestuosas entre um pai e uma filha: era sobre como Jake Gittes estava preso a uma armadilha do destino, como a vida o havia imobilizado numa tragédia recorrente e infernal. "Nunca vai embora", diz o detetive em *A chave do enigma*, a continuação de *Chinatown* dirigida por Jack Nicholson nos anos 90, e para mim aquela frase sintetizava a resignação de um homem cansado de se debater contra uma força que é muito maior que qualquer um de seus dons. Dei um gole na minha caipirinha. Eu não havia dito nenhuma grande novidade, mas lembro de Camila me encarando admirada, como se aquela tivesse sido a coisa mais inteligente que eu já pronunciara. Acho que foi a última vez que recebi aquele olhar.

 Fiquei um tempo pensando em Jake Gittes, em seu ar irônico e inteligente. Levantei da cama. Eu estava fraco, confuso, certamente precisava de banho e comida, mas a lembrança do detetive de nariz estropiado parecia me impulsionar à ação. Tinha a sensação de que algo importante estava acontecendo lá fora, que os dois dias que passei dormindo tinham sido cruciais para alguma coisa. Eu continuava com frio, talvez ainda tivesse um pouco de febre, mas quando dei por mim estava vestido, calçado, meu corpo dolorido atravessando o hall de entrada, meus passos apressados me carregando para longe do quarto, do hotel, de tudo.

Eu não esperava que o sol estivesse tão forte. Minha vista escureceu, tive que buscar apoio num carro estacionado. Resolvi dobrar numa das ruas transversais, que oferecia alguns focos de sombra. Era quase meio-dia, e as pessoas andavam apressadas para lá e para cá. Alguns metros adiante dei passagem a quatro sujeitos que saíam de um prédio. Eles carregavam uma geladeira velha, e fiquei observando enquanto se perdiam na multidão; daquele ponto de vista, pareciam estar levando um caixão.

Segui em frente. Tudo, agora, parecia a promessa de alguma coisa, o sinal de que algo muito importante esperava por mim, como se o futuro tivesse finalmente resolvido me estender a mão. Dobrei uma esquina e topei com uma frase escrita num muro: "Dediquemo-nos ao cumprimento diário e estrito do dever". Era mais uma das diversas mensagens patrióticas espalhadas por Havana, resultado do esforço oficial em lembrar a população de seus compromissos revolucionários. Por um momento, tive a sensação de que aquelas palavras eram dirigidas a mim. Minhas juntas doíam, meu estômago estava vazio, mas eu tinha um dever a cumprir — era a ele que eu devia obediência, a ninguém mais.

Me aproximei de uma igreja, diante da qual se aglomerava um grupo de turistas. Descobri que haveria um concerto de piano lá dentro, e que estavam esperando a abertura das portas. Passei um tempo andando entre as pessoas. Fiquei imaginando se alguém ali já tinha visto Camila, se aqueles mesmos olhos que agora me fitavam haviam pousado sobre ela alguma vez. Talvez guardassem alguma lembrança, uma imagem, uma impressão passageira. Uma senhora me lançou um sorriso. Me aproximei, mas ela fechou subitamente a cara e puxou a manga do marido, que me olhou com reprovação.

Enquanto me afastava da igreja, lembrei de outra fala de Jake Gittes. Ele está começando a investigar a suposta traição de Hollis Mulwray, e um de seus auxiliares lhe apresenta um amontoado de fotografias, resultado da investigação feita ao longo do dia. Gittes não gosta do que vê. "Deixa eu te explicar uma coisa", diz ele, enquanto devolve o material ao ajudante: "Esse negócio requer um certo grau de *finesse*." Eu nunca achei muita graça nessa cena, mas por algum motivo Camila a adorava. Costumava repetir a frase para mim, geralmente quando eu fazia alguma besteira — quando derrubava algo no chão, por exemplo, ou me atrasava para um encontro. Eu havia me aproximado da região do porto, e enquanto percorria os longos paredões dos depósitos — uma sombra raquítica acompanhava as paredes, e eu tentava inutilmente me equilibrar sobre ela — fiquei ouvindo aquelas palavras ecoarem dentro da minha cabeça. *Finesse*. Esse negócio requer um certo grau de *finesse*.

Alguns metros à frente topei com um casal de vira-latas, que cochilava sob a copa de uma árvore. Não gosto de cachorros; tenho certa repulsa à sua excitação, à sua carência esbaforida. Mas eles tinham estado no meu sonho, e agora despertavam meu interesse. Me agachei ao lado deles. Fiquei observando o pelo ralo, as costelas que se moviam com a respiração. Tentei lembrar dos cães do sonho — se eram grandes, pequenos, se pareciam ser de raça — mas tudo o que conseguia enxergar eram dentes arreganhados, as gengivas avermelhadas borbulhando saliva. Dei uma olhada em volta. Do outro lado da rua percebi um desses prédios condenados, cujo corpo desabou e que acabaram resumidos a fachadas caolhas. Havia mato crescendo ao redor das janelas, e através delas dava para ver o céu.

O vento parou de soprar. Quando vi, estava estirado ao lado

dos cachorros, e não demorou para meu corpo voltar a manifestar seu desconforto: cabeça dolorida, mãos formigando, a pele ardendo no contato com a camiseta. Levantei com esforço. Ainda resistia a me entregar: numa última tentativa, me convenci de que meu problema não era a indisposição, mas a falta de foco. Alguns metros à frente parei diante de um poste e tentei me concentrar nos folhetos que se acumulavam ao seu redor. Havia anúncios de pizzas caseiras, serviços de frete, consertos de eletrodomésticos, mutirões de vacinação. No meio de tudo, num papel azul, sobre uma fotografia granulada e sem cor, o seguinte texto se destacava:

PUEBLO DE ESTRELLAS
Nuevo monólogo de Vladimir Herrera
Estrena el viernes 8 a las 19hs
Teatro Circular
152 Calle Carballo

Senti um arrepio gelado percorrer minha espinha. Com cuidado, arranquei o papel do poste e examinei a fotografia. Havia alguém ali, um homem sobre uma bicicleta, vestindo o que parecia ser um traje espacial. Era impossível reconhecê-lo: não bastasse a má qualidade da impressão, um capacete prateado tampava seu rosto. Não que isso fosse um problema. Camila jamais havia mencionado o sobrenome de seu colega, mas não devia haver muitos dramaturgos de nome Vladimir estreando monólogos em Havana. Era ele, eu tinha certeza, e num instante uma segunda convicção tomou conta de mim: ela estaria lá.

Já não me importavam as circunstâncias que haviam afastado Camila de mim, nem se fazia algum sentido supor a presença dela naquele lugar. Eu não estava mais lidando com a promessa de alguma coisa — era *a própria coisa* que estava diante de mim, brilhando, palpitando, acenando na minha direção. Fiquei segurando o papel diante dos olhos. O fato de a estreia acontecer justamente naquele dia apenas servia para multiplicar minhas certezas. Não existiam coincidências: enjoo, febre, sonho, Jake Gittes, nada do que me acontecera nos últimos tempos podia ser fortuito ou acidental.

Ainda faltavam cinco horas para a estreia, e eu não tinha a menor ideia do que fazer até lá. Voltar ao hotel? Ir a um restaurante? Nada me parecia suficiente. A imagem de Camila rodopiava dentro da minha cabeça, e nesse momento descobri que algo curioso acontecia comigo — algo que terminava de comprovar o caráter redentor da minha descoberta. Uma ereção. A primeira, depois de dias de inatividade, nos quais meu pau se transformara numa espécie de natureza morta. Era uma boa notícia, sem dúvida, mas que trazia algumas complicações imediatas, principalmente porque eu usava um short de poliéster. Uma senhora abriu as janelas do outro lado da rua. Um grupo de crianças surgiu na esquina, e me vi obrigado a escapulir na direção contrária. Foi preciso um tempo até eu conseguir me restabelecer, e então, depois de ziguezaguear por alguns quarteirões, me vi caminhando numa região que eu conhecia.

Eu estava a poucas quadras do bar de Pepe. Meu primeiro impulso foi fugir dali. Cheguei a me afastar alguns metros, mas estaquei. Não sei direito o que me fez mudar de ideia. Talvez eu quisesse mostrar a ele que podia me virar sem sua ajuda; talvez só precisasse de um ouvido para compartilhar minha vitória iminente — o fato é que me virei e rumei decidido para lá.

O bar, novamente, estava vazio. Devia ser o estabelecimento comercial menos rentável em toda a ilha de Cuba. Me debrucei sobre o balcão, mas lá também não havia ninguém. Depois de alguns minutos de espera, vi que a portinhola de metal que dava acesso ao andar superior estava aberta. Enfiei o pescoço lá dentro, dei uma espiada na longa escadaria. Gritei por Pepe, sem resultado, e resolvi subir atrás dele.

O depósito do primeiro andar parecia mais atulhado que da primeira vez. O colchonete onde eu passara a noite continuava no mesmo lugar, mas sobre ele havia uma peça de ferro amarelo, parecida com uma pá de trator. Não dava para saber se tinha sido depositada ali ou se simplesmente desabara de uma das pilhas de sucata. Chamei por Pepe mais uma vez. Tinha a sensação de que ele irromperia entre os detritos, como um nadador voltando à superfície. Bati palmas. Assobiei. O silêncio se manteve, e voltei à escada. Ela continuava para além do depósito, passava por um patamar intermediário — onde devia haver outro cômodo — e terminava num alçapão que, pela luz que entrava pelas frestas da madeira, supus dar para o terraço. Fui até lá.

O terraço era um deserto cimentado de cerca de cem metros quadrados, polvilhado por fragmentos de tijolo, fios soltos, tubos de PVC, pedaços de madeira apodrecida, além de um grande vaso de cerâmica tombado de lado e de cuja boca saía uma mistura de terra, areia e algum tipo fedorento de adubo. Perto dali jazia uma velha escada de ferro. Não havia cerca ou parapeito envolvendo o lugar, e a simples ideia de chegar perto da beirada me causava calafrios.

— Mas que surpresa — disse Fili subitamente. Ele estava poucos metros atrás de mim, sentado numa espreguiçadeira amarela cujo assento era formado por um longo canudo de plástico que ia se enrolando na estrutura de metal. Havia um galão de água ao seu lado, e em seu colo repousava a última edição de um jornal local. — Rapaz, que cara é essa? Toma um gole, pelo amor de Deus — e me estendeu o galão.

Precisei usar as duas mãos para erguê-lo acima da cabeça e,

vagarosamente, despejar um pouco do líquido dentro da boca. Estendi o galão de volta para Fili, mas ele já não olhava para mim: tinha voltado a abrir o jornal e parecia concentrado na leitura. Depositei o recipiente a seu lado e perguntei por Pepe. Ele soltou um grunhido mal-humorado e, sem tirar os olhos do jornal, murmurou:

— O dia em que eu souber o que aquele imbecil faz da vida, pode me dar um tiro na orelha.

Era evidente que aquela conversa não tinha muito futuro. A única coisa sensata a fazer era me despedir e voltar para o hotel, onde eu comeria alguma coisa e começaria a me preparar para o evento da noite. Mas eu não consegui. Estava ansioso, eufórico, sentia necessidade de me comunicar com alguém. Notei que a capa do jornal noticiava um terremoto na Indonésia. Centenas de mortos, destruição, famílias desabrigadas. Me aproximei e apontei para a manchete.

— Tristeza isso aí, né?

O rosto de Fili fechou-se. Ele deu uma espiada na capa do jornal, como se precisasse se assegurar do que eu estava falando, e me lançou um olhar feroz.

— Tristeza? — disparou. — Tristeza? — Seu tom de voz subia a cada sílaba. — Tristeza é o caralho. Você não tem a mais puta noção do que isso significa.

A reação foi tão surpreendente que demorei alguns segundos para me certificar do que tinha escutado.

— Mas Fili — balbuciei, a voz espremida na garganta. — Eu só estava dizendo que...

— Você não tem que me dizer nada. Não me interessa — disse ele, e voltou a se esconder atrás do jornal.

Era um sinal bem claro de que meu tempo ali tinha se esgotado. Dei alguns passos na direção da saída, mas então ouvi um novo resmungo, seguido de um barulho de papel amassado. Me virei. Irritado, como se eu tivesse arruinado sua leitura, Fili dobrava o jornal e o socava embaixo da espreguiçadeira.

— É foda — disse, enquanto ajeitava o corpo e, de olhos fechados, preparava-se para tomar sol. — Tanto sofrimento... Tanta pena de si... Não foi à toa que caiu na conversinha do Pepe. Se tivesse um pouco de orgulho e vergonha na cara, já tinha deixado essa história pra lá.

Eu já estava com o pé na escada. Bastava seguir em frente para acabar com tudo. Mas agora minha respiração tinha se acelerado, e uma fila enorme de palavras lutava por espaço dentro da minha cabeça. Meu rosto começou a esquentar. Era tarde para voltar atrás.

— Vai me desculpar — gaguejei —, mas acho que você não sabe do que está falando. Não é questão de orgulho, nem de...

Fili, como de costume, não me deixou terminar. Tampou os ouvidos com as mãos e fez uma careta, como se minha voz estivesse corroendo seus tímpanos:

— Ahhhhh! Cala essa boca! Pelo amor de Deus! Quem te ensinou a ser *cabrón* desse jeito? — Ele tinha agora uma expressão de prazer sádico no rosto. Parecia ter resolvido se divertir às minhas custas. — Me conta, vai. Você fez aula de corte e costura na pré-escola? Te confundiram com uma menininha, e você teve que aprender a falar assim? — e soltou uma gargalhada descontrolada que acabou se transformando num acesso de tosse.

— Você é um demente — bradei, enquanto Fili se restabelecia com um gole de água. Eu havia me aproximado dele, e agora gesticulava com exagero. — Eu nunca te fiz nada. Não te ofendi, nem te desrespeitei. O Pepe tinha razão. Você devia...

— Escuta aqui, seu moleque — gritou Fili, levantando-se da espreguiçadeira. Ele tinha voltado a fechar a cara, e por um momento pensei que fosse me agredir. — O mundo nunca foi justo. Nunca. Olha em volta — disse, enquanto dirigia um gesto ao nosso redor. — Você tem ideia de quanta nobreza esteve envolvida na construção dessa merda? Quantos ideais? Pensa bem. Pergunta pra tua consciência. Ainda deve ter algo aí dentro que consegue discernir a realidade da fantasia.

Ele vinha andando na minha direção. Recuei. Estávamos nos aproximando da beirada do prédio, o que teve o efeito positivo de eliminar temporariamente o meu mal-estar — todos os meus sentidos, agora, pareciam engajados na luta pela sobrevivência. Mas Fili não queria me jogar lá de cima. Pelo contrário: com um gesto rápido, ele enlaçou meu pescoço e, puxando-me para o centro do terraço, deu início a um monólogo sobre a origem do mundo, sobre o fato de o homem nunca ter sido digno de confiança, sobre hipocrisia, dissimulação, falsa moral... Depois de alguns minutos escutando aquelas palavras — e concluindo que minha vida não corria mais perigo —, decidi que não precisava mais fazer esforço para acompanhar seu raciocínio. Fili podia tagarelar o quanto quisesse. Eu arrumaria outra coisa em que pensar.

Cáries, por exemplo. Placas bacterianas. Toda a variedade de doenças bucais que durante mais de dez anos fizera parte da minha vida e que agora parecia tão distante quanto, sei lá, minha última mamadeira. Apesar das insinuações do doutor Polidoro, a verdade é que eu era um dentista excelente. Trabalhava feito um obcecado. Entrava cedo, saía tarde, podia receber pacientes aos sábados, domingos, no meio da madrugada. Era dedicado e incansável. Cheguei a desenvolver um calo no polegar, de tanto aplicar anestesia. As extrações. Os canais. As raspagens de tártaro, meticulosas a ponto de as gengivas ficarem em carne viva. Às vezes o paciente se queixava, e então eu dava a ele uma pequena aula sobre o tecido gengival, o único do corpo humano que pode ser perfurado, cortado, rasgado, lacerado, e não deixar cicatriz. Eu tinha quase inveja daquela capacidade de regeneração — acho que no fundo a queria para mim.

Como estaria meu consultório? No sonho, se eu não estava enganado, as paredes tinham uma cor ligeiramente diferente: eram verdes, de uma tonalidade escura e doentia. Lembrei da minha última conversa com o doutor Polidoro. Ele disse tudo o que pensava, calmamente, saboreando a oportunidade de entornar seu desprezo sobre mim. Ouvi calado. Saí com pressa, sem retirar minhas coisas. Quem estaria ocupando meu lugar? Que fim teriam dado a meus equipamentos? Ao longo dos anos, fui acumulando uma coleção respeitável de brocas, alicates, espátulas, boticões. Houve um tempo em que os objetos presentes dentro do esterilizador eram a síntese infeliz de minhas preocupações e conquistas. Agora, ao contrário, essas lembranças pareciam tão remotas que tive a impressão momentânea de que não me pertenciam — talvez eu as tivesse roubado de alguém, ou inventado tudo.

    Lembrei do calo no meu dedo. Num gesto discreto, passei o indicador sobre o polegar. Lá estava ele. O último resquício físico do meu passado. A prova definitiva da vida que eu levava antes de partir para Havana — a comprovação, enfim, da *realidade* de uma existência que agora, poucas semanas depois do embarque, parecia escapar completamente à minha compreensão. Mesmo tedioso, o trabalho no consultório ajudava a me definir. Aquele era o lugar em que eu me sentia mais próximo de mim mesmo, a casca que me protegia das frustrações que me esperavam da porta para fora. Era um mundo que eu podia administrar. E agora? O que eu tinha? Uma fita de vídeo, um sonho obscuro, um papel azulado arrancado de um poste, e não havia satisfação maior do que perceber que isso me bastava. Eu observava a cidade se delineando na minha frente — o contorno dos prédios, as copas das árvores, as pontas afiadas dos monumentos — e sentia que tudo estava em seu lugar. Vista de cima, Havana parecia condenada à paralisia. Seu silêncio, que em outros momentos teria evocado algo de impenetrável e incômodo, agora transmitia uma espécie de cumplicidade, como se eu estivesse diante de uma antiga confidente. Já não havia receio. Não havia insegurança, dúvida, nenhum tipo de indecisão. Acariciei meu calo mais uma vez, como se me despedisse de alguma coisa. Faltava muito pouco para tudo se completar.

Voltei a olhar para Fili. Já fazia uns bons vinte minutos que ele discursava, e seu rosto suado cintilava sob o sol.

— Tudo apodrece, meu amigo — ele dizia agora, os olhos faiscantes, a boca espumando como a de um pregador alucinado. — O mundo esmaga a virtude. Esmaga a beleza. As maiores monstruosidades que a humanidade já cometeu tiveram origem em bons sentimentos, em intenções elevadas, em gente como você tentando convencer aos outros e a si mesmo de que as coisas fazem sentido, que é possível corrigir a história, que tudo evolui e converge para a felicidade e a concordância. Pois eu quero que você pegue esse amor, essa estampa de menino piedoso que alguém te convenceu a usar, e enfie tudo no rabo. Nada pessoal. Garanto que você vai se sentir melhor depois.

Eu não sabia o que dizer. Me limitei a balançar a cabeça, e para minha surpresa Fili resolveu encerrar o sermão. Soltou um suspiro, removeu o braço das minhas costas e cambaleou rumo à espreguiçadeira.

— Pode deixar — disse, enquanto se sentava e pegava o jornal. — Eu aviso o Pepe que você passou por aqui.

Caminhei até a saída. Antes de descer a escada, me virei e olhei na direção de Fili. Não fazia o menor sentido, mas senti uma ternura momentânea por aquele sujeito imenso, abrutalhado, um templo vivo à misantropia e ao rancor, debruçado sobre o jornal como se quisesse rasgá-lo em pedaços. Estendi a mão para um aceno — mas ele não olhou para mim.

Eu até tentei voltar para o hotel. Cheguei a tomar a direção do centro, mas na segunda esquina já havia feito sinal para um táxi e pedido ao motorista que desse meia-volta. O Teatro Circular ficava no Cerro, a poucas quadras do Estádio Latino-Americano. Era um sobrado laranja, de aspecto simples, com um cartaz pintado à mão pendendo da fachada. A bilheteria ainda não tinha sido aberta. Faltavam pouco mais de três horas para o espetáculo, e enquanto o tempo não passava resolvi me sentar na lanchonete da esquina e tomar um sorvete de morango. Estava tão bom que resolvi pedir outro. E outro. Quando cheguei à quarta repetição, achei que era hora de me dar por satisfeito.

O funcionário me olhava com ar curioso. Eu devia estar parecendo um fantasma. Tinha a roupa imunda, o cabelo ensebado, a pele coberta de poeira e suor. Fiz um gesto pedindo a conta, mas o rapaz não entendeu. "Mais um?", perguntou, aproximando-se. Eu disse que não, que só queria pagar, e o sorriso em sua boca murchou feito uma bexiga. Ele fez um aceno reverente e se afastou.

Anoiteceu. Aproveitei a escuridão para me aproximar do teatro e, do outro lado da rua, observar a chegada do público. A bilheteria já estava aberta, e pequenas rodinhas de pessoas se reuniam diante da entrada. Numa delas estava Pablo. Impossível confundi-lo. O corpo esquelético. A risada exagerada. O pomo de adão, protuberante como uma segunda cabeça que começasse a brotar de seu pescoço. Fiquei alguns minutos observando-o, analisando seus gestos, seu jeito de pontuar as palavras com as mãos — e cheguei a uma conclusão surpreendente. Eu não o odiava mais. Não sentia raiva nenhuma, muito menos rancor. Tive até vontade de correr até ele, anunciando minha presença por ali, mas me contive. Camila podia chegar a qualquer momento. Eu não queria assustá-la com uma aparição inesperada — seria preciso escolher o momento certo para abordá-la, com calma, sem afobação.

Notei que havia uma hierarquia na organização dos grupos.

O de Pablo era o principal. Além de ocupar uma posição relativamente central em relação aos outros, era objeto constante de olhares e cochichos. Devia reunir um apanhado de jovens artistas e intelectuais, todos promissores, todos admirados, ou invejados, talvez até secretamente detestados — nada muito diferente, enfim, do tipo de ambiente que me acostumei a frequentar com Camila em São Paulo. Às vezes a rodinha mudava de tamanho, ganhava um ou dois integrantes, ou os perdia para um dos grupelhos que orbitavam ao seu redor. Essa dinâmica se manteve por algum tempo, até que alguém surgiu na porta e, tocando uma sineta, anunciou o início do espetáculo. Todos formaram fila e entraram no teatro, deixando a bilheteria novamente às moscas.

Percebi que eu havia cometido um erro. Era bem provável que Camila estivesse ajudando na produção da peça, até como retribuição ao apoio de Vladimir em seu esforço documental. Ela já devia estar lá dentro, portanto, há algumas horas, e agora não me restava outra opção senão assistir à encenação.

Já estava escuro quando entrei. O teatro tinha o formato de arena, com uma pequena arquibancada circundando o palco, que ficava no nível do chão. Um ruído indefinido saía das caixas de som. Sentei no primeiro lugar que apareceu, logo na fila da frente. O barulho das caixas aumentou, como se um veículo motorizado se aproximasse. Foi quando ele entrou.

O astronauta. Em sua bicicleta. Veio em alta velocidade, e sua aparição repentina animou alguns aplausos, logo interrompidos por "ssshhhhs" repressores. Aos poucos, o barulho de motor foi sendo substituído pelo que parecia um punk-rock cubano, entoado a plenos pulmões. Enquanto o astronauta pedalava, um telão localizado no fundo do palco acendeu-se. Era a única decoração do cenário, e num primeiro momento não exibiu imagem nenhuma, apenas chuviscos intermitentes. Depois de alguns segundos de exibição, o astronauta deu um cavalo de pau e abandonou a bicicleta. Ele vestia uma roupa justa e brilhante, e o capacete, grande demais para seu corpo, dava a ele o aspecto de um pigmeu intergaláctico. Começou a andar em círculos, olhando desafiadoramente na direção dos espectadores. Então levantou o visor do capacete e desandou a falar. Como eu desconfiava, o astronauta era o próprio Vladimir.

Se entendi direito, o monólogo era uma fantasia futurista. A Terra tinha sido arrasada por alguma hecatombe, e o astronauta visitava o que havia sobrado da nossa civilização. O telão abandonou os chuviscos e passou a mostrar uma série de paisagens em preto e branco. Eram descampados, ruínas, pastos secos, registros de um mundo inóspito, sem sinal de presença humana. Comecei a desconfiar que talvez Vladimir não estivesse representando um astronauta, mas sim uma espécie de sobrevivente nuclear, que agora perambulava pela Terra à procura de abrigo e comida.

Não sei bem. Eu estava confuso. O astronauta falava de mundos inexplorados, de um homem novo, usava metáforas e alegorias que eu não conseguia entender. Havia esperança em sua voz, um tom obstinado. Aos poucos, porém, o discurso começou a encher-se de amargura. Suspiros desolados foram se acumulando, seguidos de interjeições aflitas. Ele caminhava de um lado para o outro, parecia que as alternativas à sua disposição se esgotavam. A certa altura, num gesto de desespero, o astronauta tirou o capacete da cabeça e o atirou longe. Depois de um longo e angustiante silêncio, soltou um grito desesperado e deixou-se desabar no chão. A plateia pareceu engolir em seco. Ouviram-se cochichos, uma ou outra risadinha nervosa.

Para mim o espetáculo não tinha sentido nenhum. Eu suava, tinha taquicardia, meu estômago parecia disposto a me mastigar por dentro, mas isso não tinha nada a ver com o que se desenrolava à minha frente. Uma agonia insuportável tomava conta de mim. Eu esfregava as mãos. Batia os pés. Tinha cada vez menos controle sobre meus gestos. Alguns metros à minha direita, um menino de cerca de dez anos se apoiou nos joelhos e começou a me observar. A mãe o puxou de volta, e fiz um esforço para voltar a atenção à peça.

O astronauta manteve-se imóvel, um foco de luz sobre seu corpo estatelado. As paisagens do telão desapareceram, substituídas por imagens do próprio astronauta. Eram imagens em tempo real: podíamos ver, na tela, os pequenos movimentos que ele fazia, a respiração funda, os espasmos de desespero e dor. Não dava para saber muito bem de onde eram feitas — ao que parecia, alguém o filmava a partir das coxias, do lado direito do telão. Depois de intermináveis minutos, o astronauta começou a se erguer. Tinha a expressão sombria, como se todas as suas esperanças tivessem sido destruídas, mas isso mudou quando ele notou a presença da câmera.

Primeiro fez uma cara incrédula. Abriu a boca, torceu as sobrancelhas, passou a exibir uma mistura de encantamento e surpresa. Sua imagem foi crescendo no telão, resultado da aproximação da câmera, que agora devia se encontrar a poucos passos do palco. Ele esperava, o olhar úmido encarando alguma coisa que não compreendia, ou melhor, que compreendia mas não era capaz de conceber ou acreditar.

Fechei os olhos por um instante, com força, até doer. Ao abri-los, senti que algo se alterava, que minha percepção das coisas passava por uma transformação. Minha cabeça começou a trabalhar em alta velocidade, traçando paralelos, fazendo conexões. As ideias mais disparatadas se uniram. A câmera. O telão. As paisagens em preto e branco. Pastos secos, descampados, longas caminhadas em linha reta, a tentativa de encontrar um sentido qualquer em meio à desordem. Ruínas. Fragmentos. Uma fita de vídeo, deixada atrás do gaveteiro. Bicicletas, patins, *coco-táxis*, pernas magras enroscadas no lençol. Um sujeito na cama, nu, sem capacete. Texturas. Rimas visuais. Curvas estatísticas. Um pouco de *finesse*, por favor. Manja Jean Rouch? Você não vê que eu não posso satisfazer as tuas carências? Jake Gittes tinha razão: as boas pistas nunca estão onde você procura — você *tropeça* nelas. Camila, sua sacana, você pensou em tudo! Em tudo!

Invadi o palco. Estava escuro, eu vinha correndo — quando vi, tinha me chocado violentamente contra o astronauta, que desabou no chão. Olhei para a coxia. Diante de mim tremia uma luz vermelha, um ponto minúsculo e solitário em meio à escuridão. Tentei avançar em sua direção, mas nesse momento alguém me aplicou uma gravata e tentou me derrubar. Ainda estendi o braço, como se pudesse agarrá-la, como se bastasse tocar naquele foco trêmulo de luz para que tudo se resolvesse — as coisas eram tão simples, não existia mistério nenhum, não havia nada que pudesse me afastar dos meus desejos. Não consegui ficar de pé. Caí de lado, alguém prendendo meus braços atrás do corpo. As luzes se acenderam, e ao fundo vislumbrei um pequeno grupo que corria na minha direção. Na frente deles estava Pablo.

Ele gritava alguma coisa que eu não podia entender. Pensei que estivesse pedindo para me soltarem — só quando estava a poucos metros é que vi que não era bem assim. Seu cretino, ele urrava, transfigurado de raiva. Seu cretino de merda. Tentei dizer alguma coisa, mas não deu tempo. Recebi um chute na barriga. Outro. Um rapaz tentou segurá-lo, mas ele estava possesso, não havia como contê-lo. Meu corpo dobrou em dois. Tentei me proteger, mas nessa hora surgiu Vladimir, que passou a me golpear com seu capacete. Onde você enfiou a Camila?, perguntou Pablo, pouco antes de atingir um chute no meu rosto. O que você fez com ela, seu filho da puta do caralho?

Foi mais ou menos aí que eu apaguei.

3.

Ninguém gosta disso mais do que eu: a brisa suave, o barulho dos carros, a noite que chega devagar e, aos poucos, vai me impedindo de escrever. Não costumo usar o abajur. Normalmente, quando a escuridão toma conta do quarto, largo o caderno e vou direto para a cama. Ainda devem me restar alguns minutos. Acho que não terei problemas para chegar até o fim.

A surra de Pablo me rendeu dois molares trincados e uma luxação no cotovelo, além de dores nas costas que até hoje insistem em me atormentar. Quando acordei, não estava mais no teatro, mas na calçada, onde um sujeito uniformizado me aplicava tapas no rosto. Era o rapaz da sorveteria. Estava acompanhado de um homem alto, de boné, que ao ver que eu despertava se aproximou e começou a me encher de perguntas. Que dia é hoje? Como é seu nome? Quantos dedos tem essa mão? Eu ainda estava um pouco grogue, mas consegui responder o questionário. O sorveteiro quis saber onde eu morava. Fui levado de carro pelo homem de boné, que passou o percurso inteiro assobiando, sem dizer nenhuma palavra.

O quarto do hotel estava limpo e perfumado. Tomei uma ducha longa, acompanhando com atenção a água escura que corria em direção ao ralo. Joguei a roupa suja fora e me vesti com dificuldade. Arrumei minhas coisas. Já na recepção, tive que testemunhar uma pequena discussão entre o gerente e uma funcionária, que aparentemente tinha cometido um erro na contagem dos itens do meu frigobar. O gerente dava olhadelas para mim, querendo minha aprovação. Enquanto esperava que eles chegassem a alguma conclusão, dirigi a atenção para a porta de entrada, que seguia recebendo grupos numerosos de turistas. Então assinei a fatura, juntei minhas coisas e voltei para cá.

Não foi uma decisão. Uma decisão, nesse caso, significaria que havia uma escolha a ser feita, e isso definitivamente não estava mais em jogo. Desde o momento em que saí do hotel Inglaterra, cada um dos meus atos parece a consequência natural do anterior, como se a vida se fizesse automaticamente. Nesses últimos meses, tenho baseado minha existência em regras primárias de conduta, reduzindo distrações, evitando deslocamentos, dedicando-me com afinco àquele que talvez seja meu maior talento: a capacidade de me concentrar, de manter-me fiel às coisas que me rodeiam, sem sobressaltos de nenhum tipo.

É óbvio que não estou livre de tudo. Mal entrei e larguei as coisas no chão, alguém começou a bater na porta. Era Carmen. Vacilei um instante antes de abrir, segurando a respiração, projetando acusações graves, quem sabe até a presença de policiais. Para minha surpresa, a mulher tinha um sorriso amistoso na cara, queria saber o motivo do sumiço, o que havia acontecido comigo e com Camila. Inventei uma desculpa qualquer e paguei o aluguel atrasado. Ela percebeu que eu não estava bem, me ofereceu assistência, uma xícara de chá. Algum tempo depois, com a intensificação das minhas dores, conseguiu que um médico da vizinhança me atendesse, diagnosticando a luxação no cotovelo.

Não sei o que deu em Carmen. Nunca olhou direito na minha cara, e agora me enchia de amabilidades. Mais compreensível foi a reação de Yusimí. Eu estava subindo a escada quando trombei com ela, que descia rindo, pulando os degraus. Ela me viu, fez uma expressão de terror e baixou os olhos. Tentei dizer alguma coisa, mas a frase não saiu da boca. *"Permiso"*, ela balbuciou, e seguiu seu caminho rumo ao pátio. Interpretei a timidez como um sinal positivo: ela não havia contado nada a ninguém. Ou seria o contrário? Ela dissera tudo, e era isso que explicava a simpatia de sua mãe? Desisti de entender. Dei a questão por encerrada e resolvi esquecer o assunto.

Meus dias por aqui são tão previsíveis quanto os de um animal enjaulado. Não tenho vontade de fazer muita coisa. Quando penso no passado, na minha necessidade de movimento, de agitação, de estar no centro de algo que eu não sabia o que era e que insistia em fugir de mim, sinto como se pensasse na infância: é um tempo remoto, cheio de ingenuidade. Lembro, por exemplo, dos dias que sucederam o sumiço de Camila, do breve período em que consegui me convencer de que estava tudo bem, que as coisas haviam milagrosamente se solucionado. O autoengano. As simplificações. A angústia mal-disfarçada, traduzida na ansiedade de percorrer a cidade, anotá-la, exercer uma ilusão qualquer de controle.

Enquanto eu preenchia este caderno, foi comum que uma ou outra lembrança acabasse despertando minha fúria acumulada. Não era remorso — era mais como uma aflição física, um arrepio nas entranhas. Aos poucos aprendi: nessas horas, o melhor era interromper o trabalho, respirar, buscar alívio nas coisas à minha volta. A escrivaninha, por exemplo. Um quadrilátero de madeira compensada cujas pernas finas envergam com o peso, como uma gazela subnutrida. Há algo de bicho também nesta velha cama, um certo ar de hipopótamo, uma malemolência acolhedora. Aos poucos, os objetos do quarto aprenderam a me fazer companhia. Maior cumplicidade, só mesmo a das ratazanas, que seguem multiplicando-se no forro e, em vez de atrapalhar meu sono, agora me ajudam a dormir, como se me oferecessem proteção.

Como eu disse, minha vida por aqui se baseia num esquema bastante simples. Acordo cedo. Dedico as primeiras horas do dia à limpeza do quarto. É claro que ele não precisa de uma faxina diária, mas acabei me acostumando com o trabalho, de modo que deixar de limpá-lo se assemelha a um erro fatal. Quando termino, minhas costas latejam de dor, e aproveito para me estender no chão e fazer uns alongamentos. Concluo o exercício ao mesmo tempo em que o cheiro de fritura começa a entrar no quarto. Então tomo banho, me visto, verifico se dona Carmen já depositou — conforme o combinado — meu almoço diante da porta. As porções são bem servidas, e costumo guardar um pouco para o jantar. No meio da tarde começo a escrever, o que faço até que a luz se extinga. Meu cotidiano, em resumo, é feito de previsibilidade e silêncio. E de Camila.

Me explico. Aos poucos, enquanto rabiscava este caderno, fui desfazendo as Camilas que, ao longo do tempo, havia construído dentro de mim. Estar ao lado dela, percebi, era passar o tempo todo tentando escavar alguma verdade de sua presença. Parece absurdo, mas Camila era tão poderosa que *obstruía* a minha visão. Eu me sentia olhando para um gigante — só conseguia capturá-la aos pedaços, vislumbrando fragmentos que muitas vezes se contradiziam. A distância me permitiu enxergá-la por inteiro. Nunca a vi com tanta nitidez. Já não preciso perder tempo com suas incoerências, dissecando gestos e palavras feito um cientista infeliz.

Mas compreender Camila não significa ser capaz de descrevê-la. Cheguei a um ponto, aliás, em que não consigo me imaginar pronunciando uma única palavra a seu respeito que não acabe soando como uma mentira pegajosa. Foi bom escrever isso aqui, mas melhor ainda vai ser fechar este caderno pela última vez, voltando minhas atenções para a única atividade que, hoje, me dá prazer de verdade. Com um pequeno acréscimo no aluguel, consegui convencer Carmen a me emprestar uma televisão, que conectei à câmera e depositei sobre o criado-mudo. Eu disse há pouco que meu dia começa com uma faxina no quarto. Não é bem assim. Antes, ainda na cama, sem me dar sequer ao trabalho de levantar e escovar os dentes, costumo rever a fita de Camila. Minha intimidade com as imagens é tão grande que assistir a elas é como voltar para casa. Conheço o vídeo de cor: posso antecipar cada fala, cada movimento de câmera. Existe algo de reconfortante em ouvir novamente o barulho do motor do *coco-táxi*, ou ver os patinadores fazendo manobras diante do Capitólio. "Fica quieto, Daniel", grita a velha para o neto hiperativo, e eu não canso de achar graça do seu jeito de falar — tenho a impressão de conhecê-la há décadas.

Já não busco respostas nas imagens. Tudo, agora, se justifica. Assisto ao trecho final, por exemplo, ao longo discurso de Camila sobre a inerência do fracasso na atividade documental, e suas palavras fazem um sentido profundo, ressoando dentro de mim como uma verdade misteriosa. Mesmo os cortes abruptos e as imagens trêmulas — que um dia eu vi como defeitos de filmagem ou fragmentos à espera de edição — agora me parecem peças acabadas, organizadas com precisão milimétrica. As imagens não estão mais ali para me revelar alguma coisa. Elas são um fim em si. Isso fica mais evidente quando chega a sequência do meu sono. Aqueles três minutos de filmagem até hoje têm um efeito poderoso sobre mim, como se me conectassem a uma parcela fundamental da minha existência. Gosto particularmente de quando a câmera se fixa no meu rosto. Se eu aumento o volume da TV, posso ouvir Camila ofegando — e por um momento é como se ela respirasse através de mim.

Outro dia finalmente consegui sonhar com ela. Eu já tinha acordado, na verdade, e rolava na cama à espera de ânimo para me levantar. Acabei encontrando uma posição confortável, e o sono voltou. Eu estava no Malecón, sentado na amurada, de costas para o mar. Escutei uma voz atrás de mim. Era Camila, que estava lá embaixo, descalça, passeando nas pedras. Ela perguntou algo que eu não entendi. "Mas o que você tem feito?", ela repetiu, como se estivéssemos no meio de uma conversa. Quando consegui registrar a pergunta, alguém no andar de cima começou a martelar e eu acordei. Passei o resto do dia dividindo-me entre amaldiçoar o vizinho barulhento e me perguntar o que diabos eu poderia ter respondido. No fim da tarde cheguei a uma conclusão.

Era a resposta perfeita. Uma resposta à moda antiga, daquelas que atingiam Camila em cheio, que pareciam capazes de amolecê-la por dentro. Ela correria até mim. Me abraçaria. Daria um passo atrás, só para se certificar que eu estava realmente ao seu alcance, seus olhos transmitindo um amor e uma ternura tão grandes que seria evidente que a ideia de se afastar de mim jamais poderia passar por sua cabeça — eu estava ali, eu ainda sabia citar Jake Gittes, eu era o cara certo no lugar certo e agora tudo voltava a fazer sentido, como se fôssemos o objeto de um só pensamento que avança veloz em direção ao futuro.

O mínimo possível, Camila. O que eu tenho feito é isso: o mínimo possível.

ESTA OBRA FOI COMPOSTA EM ELECTRA PELO ESTÚDIO O.L.M. E IMPRESSA EM OFSETE PELA PROL EDITORA GRÁFICA SOBRE PAPEL PÓLEN BOLD DA SUZANO PAPEL E CELULOSE PARA A EDITORA SCHWARCZ EM ABRIL DE 2011